LES TROIS PRINCIPES DU SORCERISME

Le principe de conservation de la vie
Pour prolonger la vie, la vie est nécessaire.
Le souffle vital ne peut pas être complété par la matière.

Le principe d'indétermination de la vie
La vie est mouvement et changement.
On peut la reproduire jusqu'à un certain point,
mais en aucun cas la recréer totalement.

Le principe d'irréversibilité de la vie
De par sa nature, la vie est un processus irréversible,
et les morts ne ressuscitent pas.
Le Sorcerisme ne peut agir que par contrainte
sur le mouvement de la vie.

EVIL EATER 1

SCÉNARIO : ISSEI EIFUKU **DESSIN :** KOJINO

SOMMAIRE

■ Assistants : STD. Megalo Maniac
Kim Yeong-min
Lee Gou-soeng
Kim Hye-jin
Choe Woo-yeon
Joe Cheol-ho
Choe A-yeong

■ Traduction : Yun Jiyoung

■ Remerciements à Seiichi Shirato, Kang Seol-a, Taiyô Matsumoto

IL EXISTE UNE SCIENCE, UN SAVOIR À PART QUI ÉCHAPPE AUX CLASSIFICATIONS OFFICIELLES...
LA MAGIE !
CETTE PRATIQUE ANCESTRALE CÔTOIE DÉSORMAIS LES AUTRES SCIENCES SOUS LE NOM DE "SORCERISME"...
TOKYO, AN 23 DE L'ÈRE SHÛBUN.
INSTITUT DE SORCERISME.
TU VAS AVOIR UN NOUVEAU BINÔME...
TOUT FRAIS SORTI DE L'ACADÉMIE !
UN PETIT NOUVEAU ?
Affaire n° 1 La traque des germes du mal
TAP
TAP
TAP
...
UNE NOUVELLE, EN L'OCCURRENCE... ET AVEC DES POUVOIRS ASSEZ EXCEPTIONNELS !
VOUS ÊTES SÛR QU'ELLE AURA LA CARRURE NÉCESSAIRE ?
OUI, NOUS FONDONS DE GRANDS ESPOIRS SUR CETTE PETITE...
ALORS PRENDS BIEN SOIN D'ELLE !

JE COMPTE SUR TOI, AGENT SORCERISTE KENTO NAGUMO !
TOC TOC

Affaire n° 1 La traque des germes du mal

JE ME PRÉSENTE... YÔKO AMAGI, AGENT SORCERISTE...
JE VIENS TOUT JUSTE D'ENTRER EN FONCTION !
BIENVENUE PARMI NOUS !
ALORS C'EST ELLE, LA NOUVELLE RECRUE PLEINE D'AVENIR...
AUX POUVOIRS INCROYABLES ?
...
ENCHANTÉE...
TU ES TOUTE PETITE, DIS DONC...
PARDON ?!

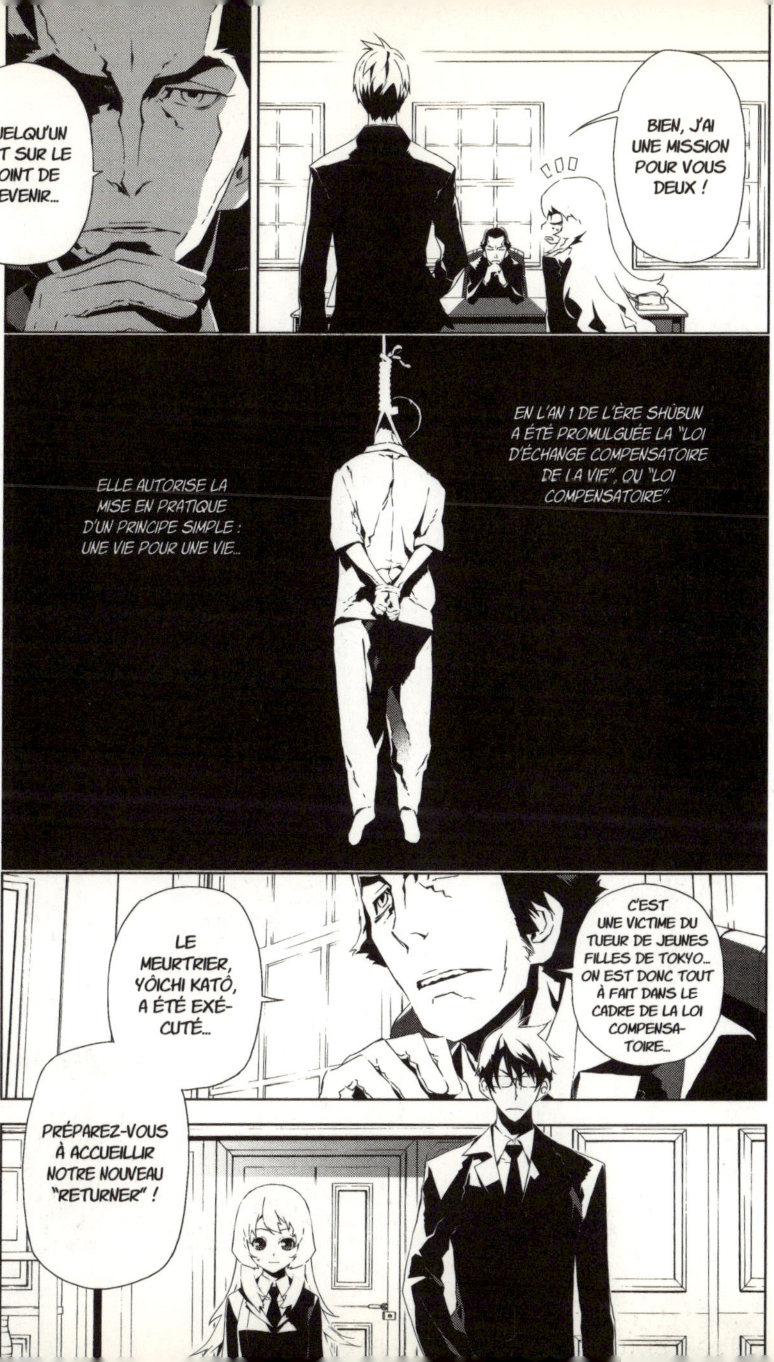
BIEN, J'AI UNE MISSION POUR VOUS DEUX !
QUELQU'UN EST SUR LE POINT DE REVENIR...
EN L'AN 1 DE L'ÈRE SHÛBUN A ÉTÉ PROMULGUÉE LA "LOI D'ÉCHANGE COMPENSATOIRE DE LA VIE", OU "LOI COMPENSATOIRE".
ELLE AUTORISE LA MISE EN PRATIQUE D'UN PRINCIPE SIMPLE : UNE VIE POUR UNE VIE...
C'EST UNE VICTIME DU TUEUR DE JEUNES FILLES DE TOKYO... ON EST DONC TOUT À FAIT DANS LE CADRE DE LA LOI COMPENSATOIRE...
LE MEURTRIER, YÔICHI KATÔ, A ÉTÉ EXÉCUTÉ...
PRÉPAREZ-VOUS À ACCUEILLIR NOTRE NOUVEAU "RETURNER" !

WOOOM
WOOOM
INSTITUT DE SORCERISME, SALLE DES ÉCHANGES COMPENSATOIRES.
DITES, AGENT NAGUMO...
EST-CE QUE LE SORTILÈGE A DÉJÀ COMMENCÉ ?
OUI...
AGENT AMAGI, INTERRO SURPRISE...
QU'EST-CE QUE LA LOI COMPENSATOIRE ?
ALORS...
C'EST UNE LOI QUI A POUR OBJECTIF DE RESSUSCITER LES PERSONNES ASSASSINÉES...
LE DÉFUNT EST RAMENÉ À LA VIE PAR LA MORT DU MEURTRIER...
DU COUP, EN CAS D'HOMICIDES MULTIPLES, SEULE LA PREMIÈRE VICTIME PEUT ÊTRE RAMENÉE !

...
LE MANUEL PRESQUE MOT POUR MOT...
JE... JE SORS TOUT JUSTE DE L'ACADÉMIE ...
LA PEINE CAPITALE A BEAU ÊTRE APPLIQUÉE DE MANIÈRE DE PLUS EN PLUS FRÉQUENTE...
IL Y A TOUJOURS DES CRIMES !
CETTE FOIS-CI, IL S'AGIT D'UNE VICTIME DU TUEUR EN SÉRIE DE TOKYO...
LE MEURTRIER EST UN JEUNE HOMME DE 19 ANS, YÔICHI KATÔ...
IL COMMUNIQUAIT AVEC DES JEUNES FILLES SUR INTERNET PENDANT PLUSIEURS MOIS, PUIS IL LEUR DONNAIT RENDEZ-VOUS...
ET POUR PEU QU'ELLES NE CORRESPONDENT PAS À L'IMAGE QU'IL S'ÉTAIT FAITE D'ELLES ...

ON NE PEUT PAS RESSUSCITER TOUTES LES VICTIMES...
MAIS ÇA NE RETIENT ÉVIDEMMENT PAS LES MEURTRIERS !
C'EST DÉJÀ MIEUX QUE RIEN !
AVEC LA VIE D'UN ASSASSIN, ON PEUT SAUVER UN INNOCENT !
WOOOM
ÉVIDEMMENT, LORSQU'IL Y A PLUSIEURS DISPARUS...
ÇA FAIT DE LA PEINE POUR LES AUTRES...
ENFIN BREF... LA JEUNE FILLE QUI VA BÉNÉFICIER DE LA LOI COMPENSATOIRE...
S'APPELAIT AYUMU KAWASHIMA ! ELLE AVAIT 12 ANS...
MAIS ATTENTION, L'ÂME D'UN RETURNER N'EST JAMAIS PURE !
JE SAIS...

ILS REVIENNENT AVEC UN "BUG", UN GERME PSYCHIQUE MALFAISANT...
LA JALOUSIE, LA HAINE, LE RESSENTIMENT ET TOUTE AUTRE PENSÉE NÉGATIVE SONT LES SEMENCES DU MAL... ET ELLES PRENNENT AISÉMENT RACINE DANS L'ESPRIT HUMAIN !
BIEN ENTENDU, CETTE INFORMATION N'A JAMAIS ÉTÉ RENDUE PUBLIQUE.
SANS INTERVENTION EN AMONT, CES RETURNERS...
CONSTITUERAIENT UN DANGER POUR LA SOCIÉTÉ...
C'EST LÀ QUE L'INSTITUT INTERVIENT EN DÉPÊCHANT SES SPÉCIALISTES, LES SORCERISTES...
DONT LA MISSION EST D'IDENTIFIER ET D'ÉLIMINER LES BUGS !

ÉLÈVE AMAGI, JE VOUS METS 20 SUR 20 !
PARDON... JE SORS DE L'ACADÉMIE...
MAIS LE SORCERISME N'EST PAS UNE SOLUTION MIRACLE...
ON DOIT RESTER PRUDENTS !
JE PEUX SAVOIR CE QUI T'A AMENÉE CHEZ NOUS ?
...
TOUT SIMPLEMENT LES POUVOIRS DONT J'AI HÉRITÉ !
À CAUSE D'EUX, LES GENS ONT TOUJOURS EU PEUR DE MOI...
MAIS SI JE PEUX FAIRE QUELQUE CHOSE DE CETTE PUISSANCE...
AU MOINS...
EN ENTRANT À L'INSTITUT, JE SAIS QUE JE SERAI UTILE À LA SOCIÉTÉ !

ET VOUS ?
POURQUOI VOUS AVEZ REJOINT CETTE ORGANISA-TION ?
...
WOOOM
C'EST TERMINÉ ...
... DÉJÀ ?
ÇA Y EST...
LA VICTIME A RESSUSCITÉ...
PSHHH
?!

FSHHH
TAP
TAP
TAP
MAIS...
CE N'EST PAS LA PETITE AYUMU !
FRSH
AAH...

QU... QU'EST-CE QUE ÇA VEUT DIRE ?
TU VOIS ? TOUT NE SE DÉROULE PAS TOUJOURS CONFORMÉMENT AU MANUEL...
ON S'EST TROMPÉS QUELQUE PART ?
NON, TOUT A BIEN FONCTIONNÉ...
LE PROTOCOLE EST INFAILLIBLE... C'EST LUI, NOTRE RETURNER !
LA PERFECTION N'EST PAS DE CE MONDE, SURTOUT QUAND L'ÊTRE HUMAIN EST CONCERNÉ !
AGENT AMAGI...
J'ESPÈRE QUE TU ES PRÊTE POUR TA PREMIÈRE MISSION !
QUELQUES JOURS PLUS TARD...
CET HOMME S'APPELLE YÛICHI KATÔ... IL S'AGIT DU PÈRE DU MEURTRIER !
ON ÉTAIT SANS NOUVELLES DE LUI DEPUIS DES ANNÉES...
CENTRE HOSPITALIER DE ROPPONGI.
JE NE VOIS PAS COMMENT ON AURAIT PU EXPLIQUER ÇA À LA FAMILLE DE L'ADOLESCENTE...
JE COMPRENDS MIEUX POURQUOI TOUT CE QUI A TRAIT À LA LOI COMPENSATOIRE EST GARDÉ SECRET !

PAS ÉTONNANT QU'ON N'AIT PAS PU RETROUVER SA TRACE...
IL A ÉTÉ ASSASSINÉ PAR SON PROPRE FILS !
DOCTEUR...
ABSOLUMENT...
TOUT A ÉTÉ FAIT DANS LES RÈGLES !
VOUS AVEZ DÉJÀ PROCÉDÉ À L'EFFACEMENT SÉLECTIF DE SA MÉMOIRE ?
CE PROCÉDÉ PERMET VRAIMENT...
DE RAYER DE L'ESPRIT DE LA VICTIME LE SOUVENIR DE SA MORT ?
DIS DONC, KENTO, ELLE LA RAMÈNE TOUJOURS AUTANT, LA PETITE NOUVELLE ?
GRRR
GRRR
DÉSOLÉE !
POUR FAIRE SIMPLE...
IMAGINE UN PEU L'IMPACT QUE POURRAIT AVOIR SUR CES GENS LE FAIT DE SE RAPPELER LEUR PROPRE ASSASSINAT !
SI NOTRE SERVICE SE CHARGE DE SCELLER UNE PARTIE DE LEUR MÉMOIRE...

C'EST POUR LIMITER LE RISQUE DE TRAUMATISME PSYCHOLOGIQUE...
MAIS MÊME DÉLIVRÉS DE CERTAINS DE LEURS SOUVENIRS, LES RETURNERS SONT TOUT À FAIT CONSCIENTS DE CE QUI LEUR ARRIVE !
MAINTENANT, À VOUS DE JOUER !
FSH
C'EST L'OCCASION DE VOIR TON ÉQUIPIER À L'ŒUVRE...
LE SOUL DIVING...
POUR DÉTECTER LE BUG DANS L'ESPRIT DE CET HOMME, IL VA LITTÉRALEMENT PLONGER DANS SON SUBCONSCIENT...
FSHHH

ÇA Y
EST...
JE
SUIS DANS
SON MONDE
INTÉRIEUR...

自転車

?!
C'EST SON SUBCONS-CIENT ?
ON SE CROIRAIT AU FOND DE L'OCÉAN...
SON CORPS SE COUVRE D'UNE CARA-PACE DE PIERRE...
QU'EST-CE QUE L'ESPRIT DE CET HOMME CHERCHE À DISSIMULER ?

ÇA NE VA PAS ÊTRE SIMPLE DE CONTINUER !
CLING
JE VAIS DÉJÀ M'ANCRER À LUI...
BAM
LA VACHE, C'EST DU SOLIDE !
DIRE QUE C'EST LUI QUI EST À L'ORIGINE DE CETTE TRAGÉDIE !
IL FAUT VOIR CE QU'A ENDURÉ SON FILS...
FSH
PÈRE INDIGNE ! TORTIONNAIRE !
GLOU
GLOU
!!
AH, ÇA LE FAIT RÉAGIR ...
ET IL BATTAIT AUSSI SA FEMME !
LA PAUVRE A MÊME FINI PAR METTRE FIN À SES JOURS...
LA ROCHE SE FISSURE ...
CRAC
C'EST LE MOMENT !!

TCHAC
LE PAUVRE YÔICHI N'A PU RETROUVER UN ENVIRONNEMENT NORMAL ...
QU'EN ÉTANT PLACÉ DANS UNE INSTITUTION...
VOILÀ, JE SUIS CONNECTÉ !
BILAN DES COURSES, ON RAMÈNE À LA VIE UN TYPE QUI COGNAIT ALLÈGREMENT SUR SA FEMME ET SON GOSSE...
ÇA SUFFIT !

BONJOUR ! JE ME PRÉSENTE, JE SUIS L'AGENT NAGUMO...
JE SUIS CHARGÉ DE VOUS ASSISTER DURANT LE PROGRAMME DE RÉINSERTION DONT VOUS ALLEZ BÉNÉFICIER...
AGENT AMAGI... PAREIL QUE LUI...
SI VOUS AVEZ DES QUESTIONS, N'HÉSITEZ PAS !
...
JE...
OUI ?
JE N'AI JAMAIS MALTRAITÉ QUI QUE CE SOIT !

DEUX OU TROIS JOURS PLUS TARD...
QUELQUE PART À TOKYO.
L'INSTITUT POSSÈDE UNE RÉSIDENCE DESTINÉE À ACCUEILLIR LES RETURNERS PENDANT LEUR PHASE DE RÉINSERTION...
APPARTEMENT E-303...
C'EST DONC ICI QU'IL LOGE DEPUIS SA SORTIE DE L'HÔPITAL ?
...
COMMENT ALLEZ-VOUS, MONSIEUR KATÔ ?
PFF ...
COMME CI, COMME ÇA...
...
J'AI L'IMPRESSION D'AVOIR FAIT UN BOND DANS LE TEMPS... ET ÇA M'A MIS UN SACRÉ COUP !
C'EST VRAI QUE VOUS ÊTES UN CAS UN PEU À PART...
VOTRE MORT DATE QUAND MÊME D'IL Y A HUIT ANS !

ET À MON RÉVEIL, ME VOILÀ DEVENU LE PÈRE D'UN TUEUR EN SÉRIE...
AU MOINS, LE TEMPS A PASSÉ...
JE NE RISQUE PLUS DE DEVENIR UN PESTIFÉRÉ...
TRAQUÉ PAR LES JOURNALISTES ET LES VAUTOURS DU MÊME GENRE !
...
C'EST VRAI QUE CET HOMME EST AUSSI UNE VICTIME...
LE YÔICHI DONT JE ME SOUVIENS...

BIEN, MONSIEUR KATÔ, NOUS REPASSERONS !
C'EST DONC ÇA, NOTRE TRAVAIL ?
VOILÀ UNE EXPÉRIENCE DES PLUS INTÉRESSANTES !
LA PROCHAINE FOIS, CE SERA À MON TOUR D'INTERVENIR...
TU N'Y ES PAS DU TOUT...
L'IMPORTANT, CE N'EST PAS DE PARLER, MAIS DE SAVOIR ÉCOUTER !
N'OUBLIE PAS QU'IL EST ENCORE PORTEUR D'UN BUG ...
N'IMPORTE QUEL STIMULUS PEUT RÉVEILLER LE MAL QUI SOMMEILLE EN LUI !
DES SOUVENIRS DE SON ENFANCE, DE SON ANCIEN BOULOT...
J'AI COMPRIS !
L'IMPORTANT, C'EST DONC DE LE FAIRE PARLER !!
EUH ...
QUELQUES JOURS PLUS TARD ...

B... BONJOUR ! COMMENT VOUS PORTEZ-VOUS ?
...
PFF... VOUS NE POUVEZ PAS ME LAISSER TRANQUILLE ?
VOUS N'AVEZ QUE ÇA À FOUTRE ? C'EST AVEC L'ARGENT DE NOS IMPÔTS, CETTE PERTE DE TEMPS !
BREF, NE VOUS SENTEZ PAS OBLIGÉS DE PASSER !
JE SENS BIEN QUE ÇA VOUS GONFLE !
JE SERS DE CRASH-TEST POUR LA FORMATION DE LA PETITE, C'EST ÇA ?
ELLE EST À PEINE SORTIE DE L'ÉCOLE, ET JE DEVRAIS LUI FAIRE CONFIANCE ?!
NE VENEZ PLUS ME DÉRANGER !
COMPRIS ?
DITES DONC, VOUS ! C'EST L'HÔPITAL QUI SE FOUT DE LA CHARITÉ !
C'EST QUAND MÊME DE VOTRE FAUTE SI VOTRE FILS EST DEVENU COMPLÈTEMENT TARÉ !!
AH, VOUS POUVEZ ÊTRE FIER DE L'ÉDUCATION QUE VOUS LUI AVEZ DONNÉE !

POUR QUI TU TE PRENDS, ESPÈCE DE SALE GAMINE ?!
IL A TOUJOURS EU UN GRAIN ! DEPUIS QU'IL EST TOUT MÔME !
DÉJÀ À L'ÉPOQUE, IL CHARCUTAIT LES CHATS DU VOISINAGE...
PARCE QU'ILS NE LUI OBÉISSAIENT PAS !
CRAC
...
J'AVAIS BEAU L'ENGUEULER, IL POUVAIT PAS S'EMPÊCHER DE RECOMMENCER...
AU POINT QUE J'AI DÛ FINIR PAR L'ENFERMER DANS LE PLACARD PIEDS ET POINGS LIÉS !
QU'Y A-T-IL DE MAL À PUNIR SON ENFANT QUAND IL LE MÉRITE ?!
MOI, J'APPELLE ÇA DE LA MALTRAITANCE !!
C'EST VOUS QU'IL AURAIT FALLU COFFRER, ET DÈS LE DÉBUT !
PEUT-ÊTRE QU'ALORS VOTRE FILS N'AURAIT PAS COMMIS TOUS CES CRIMES ATROCES !!
?!!

AH, VOILÀ ! ÇA VA ÊTRE DE MA FAUTE, MAINTENANT !
VOUS ALLEZ AUSSI ME METTRE LA MORT DE CES PAUVRES FILLES SUR LE DOS, C'EST ÇA ?!
SA CARAPACE SE FISSURE...
QU'EST-CE QUE VOUS VOULIEZ QUE JE FASSE ?!
QUAND CES GAMINES SE SONT FAIT TUER, J'ÉTAIS DÉJÀ...
PARFAIT... IL SE RETROUVE CONFRONTÉ À UNE VÉRITÉ QUI LUI EST INSUPPORTABLE...
J'ÉTAIS DÉJÀ...

J'AI HONTE DE MOI ...
...
INUTILE, TA PETITE SCÈNE A BIEN MARCHÉ...
MAIS NE ME REFAIS PLUS JAMAIS UN COUP PAREIL !
SON BUG NE DEVRAIT PLUS TARDER À SE RÉVÉLER...
ET LÀ, CE SERA À TOI DE JOUER !
GLOUPS

MEN-TEUSE ...
MEN-TEUSE ...
SALE ...
MEN-TEUSE !!
TING
SA CA-RAPACE S'EST BRISÉE !!
CETTE FOIS, JE VAIS POU-VOIR ATTEIN-DRE LE NOYAU DU BUG...

ALLEZ, DROIT SUR SON MOI PRO-FOND !
?!
YÔICHI ! TU AS RE-COMMENCÉ À TUER LES CHATS DES VOISINS ?!
NON... C'EST PAS MOI !
NE MENS PAS...
SALE MORVEUX !!
C'EST LA FAUTE DE MIKO...
ELLE RE-FUSAIT DE M'OBÉIR !
LE PETIT S'EN PRENAIT VRAIMENT AUX ANI-MAUX...

VIENS VOIR MAMAN... TU N'AS RIEN FAIT DE MAL !
TU N'ES PAS COMME LES AUTRES...
TOI ET MOI...
NOUS DESCENDONS D'UNE FAMILLE EUROPÉENNE DE TRÈS HAUTE LIGNÉE !
DIS, C'EST VRAI QUE J'AI DU SANG NOBLE ?
QUOI ?
TU VAS ARRÊTER DE LUI RACONTER DES CONNERIES, À CE PAUVRE GAMIN ?!
C'EST YUMI, ELLE VOULAIT PAS M'OBÉIR !
VOYONS, CE N'EST PAS DE TA FAUTE... CETTE VILAINE YUMI N'A QUE CE QU'ELLE MÉRITE !
TU ES UN PRINCE... TU AS TOUS LES DROITS !

LES CHATS, PASSE ENCORE...
MAIS IMAGINE UN PEU QU'IL SE METTE À AGRESSER LES GOSSES DES VOISINS !
RE-DESCENDS SUR TERRE ! TON PÈRE N'EST PAS PLUS MÉDECIN QUE MOI !!
ARRÊTE !
ET TU N'AS PAS NON PLUS PASSÉ TON ENFANCE DANS LE QUARTIER LE PLUS HUPPÉ DE LA CAPITALE !
TAIS-TOI !
TAIS-TOI !!
CE N'EST PAS DE MA FAUTE ! C'EST CE MONDE POURRI QUI M'A RENDUE COMME ÇA...
NON, C'EST IMPOSSIBLE...
ÇA NE PEUT PAS ÊTRE ÇA, MA VIE !
ESPÈCE DE...
SALE MENTEUSE !!
ÇA Y EST, JE LE TIENS !
VIOLENCE
MENSONGE
IMPOSTURE
TRAHISON
NARCISSISME
CRUAUTÉ
HAINE
MYTHOMANIE
J'AI LOCALISÉ LE NOYAU DU GERME MALFAISANT...

KIII
ÇA VA ÊTRE À TOI, AGENT AMAGI !!
ENTENDU !
BON, TU SAIS COMMENT ÇA FONCTIONNE ?
À L'AIDE DE LA TÉLÉPATHIE...
VOUS PLONGEZ AU CŒUR DU SUBCONSCIENT DU SUJET...
ET VOUS TRANSMETTEZ TOUT CE QUE VOUS Y LISEZ DIRECTEMENT DANS LE CERVEAU DE VOS CONFRÈRES SORCERISTES !
À L'ACADÉMIE, ON NOUS A...
OUBLIE LE MANUEL, TU VEUX ?
DANS LE CAS PRÉSENT, ÇA NE TE SERVIRA À RIEN...
EUH... OK !
ON VA PASSER À LA PRATIQUE !
QUOI ?!
UNE DERNIÈRE CHOSE... TU ES AU COURANT QU'ON ME SURNOMME "LE TUEUR D'ÉQUIPIER" ?

JE NE LIS PAS DANS L'ESPRIT DES SU-JETS...
?!
JE PERÇOIS LES BUGS SOUS LEUR VRAIE FORME ...
FSHHH
JE VOIS !
ET C'EST PAREIL POUR LES POUVOIRS DES AUTRES SORCERISTES !
JE TE PRÉVIENS, C'EST UN MONDE HIDEUX, SORDIDE ET DÉTESTABLE...
VROUF
JE SUIS CAPABLE DE RENDRE VISIBLES LES FORCES IN-VISIBLES...
QUE LES HUMAINS ORDI-NAIRES N'ONT NI LA CAPACITÉ NI LE BESOIN DE CONNAÎTRE !
QUE MES YEUX SOIENT TES YEUX...
CONTEMPLE L'ENFER QUI S'OFFRE À TON REGARD !

VOIS !
VOIS LE VÉRITABLE ASPECT DES PENSÉES MALFAISANTES DE L'HOMME !
?!
FLASH
ズルルルル...
VOILÀ DONC LE CERCLE RITUEL DE NAGUMO !!

VSHHH
VAS-Y, LA NOUVELLE... ÉLIMINE-LE !
JE COMPTE SUR TOI...
MONTRE-MOI TON FAMEUX POUVOIR !

POF
FRSH
QU'EST-CE QUE TU FABRIQUES ?!
TCHAC

FSH
CHOMP
D'OÙ LUI VIENT UN POUVOIR PAREIL ?!

VISUALIZE, OVER !!
GROAR

...
AMAGI, RÉVEILLE-TOI !
OH ! DÉSOLÉE !!
J'AI DÛ PERDRE CONNAISSANCE... JE SUIS VRAIMENT CONFUSE !
...
DE QUOI EST-CE QUE TU TE SOUVIENS ?

J'ÉTAIS COMPLÈTEMENT DANS LES VAPES...
C'EST FLOU... JE ME RAPPELLE JUSTE AVOIR MANGÉ QUELQUE CHOSE...
EST-CE QU'AU MOINS...
MON POUVOIR VOUS A ÉTÉ UTILE ?
OUI...
NOTRE RETURNER EST DÉBARRASSÉ DU BUG QUI METTAIT EN DANGER SON ÉQUILIBRE PSYCHIQUE !
LE MONDE N'EST PAS PARFAIT...
MAIS AU MOINS, ON LUI AURA PERMIS D'Y REVENIR ! APRÈS, TOUT DÉPEND DE LUI...

DITES...
POURQUOI C'EST MOI QU'ON A RESSUSCITÉ ?
ÉCOUTEZ...
JE...
TU N'Y ES PAS DU TOUT...
L'IMPORTANT, CE N'EST PAS DE PARLER...
RÉPONDEZ-MOI...
MAIS DE SAVOIR ÉCOUTER !
...
POURQUOI MOI ?
VOUS AURIEZ MIEUX FAIT DE RAMENER...
UNE DE CES PAUVRES FILLES...
QUE MON FILS A TUÉES...

ALLONS, IL NE FAUT PAS PENSER CE GENRE DE CHOSE...
MONSIEUR KATÔ !
JE SUIS LÀ POUR VOUS...
J'AI TOUT MON TEMPS !
MON-SIEUR LE DIREC-TEUR...
LE POUVOIR DE LA PETITE ...
ÇA T'A FAIT PENSER AUX BUGS, HEIN ?
MÊME TOI QU'ON SURNOM-ME "LE TUEUR D'ÉQUIPIER", ÇA T'A FICHU LES JETONS, PAS VRAI ?

KENTO NAGUMO, "THE DEEP SEARCHER" ...
ET YÔKO AMAGI, "THE EVIL EATER"...
TAP TAP TAP
CLAC
EXCUSEZ-MOI... C'EST L'AGENT AMAGI, JE SUIS DE RETOUR !
J'AI L'IMPRESSION QUE VOUS ALLEZ FORMER UNE SACRÉE ÉQUIPE, TOUS LES DEUX !
?

Affaire n° 2 Innocent World

Affaire n° 2 Innocent World

MAGIE, SORCELLERIE, ALCHIMIE, NUMÉROLOGIE, PARAPSYCHOLOGIE...
TOUTES CES DISCIPLINES OCCULTES ONT ÉTÉ MODERNISÉES ET REGROUPÉES AU SEIN D'UNE NOUVELLE SCIENCE : LE SORCERISME...
NOMBRE D'INDIVIDUS DOUÉS DE POUVOIRS PARANOR-MAUX...
REÇOIVENT UN ENTRAÎ-NEMENT SPÉCIAL...
ET INTÈGRENT L'INSTITUT DE SOR-CERISME...
POUR SE METTRE AU SERVI-CE DE LA SOCIÉTÉ.
KENTO NAGU-MO...
AGENT SORCE-RISTE.
CE SONT LES SORCIERS DES TEMPS MODERNES... LES SORCERISTES !
COMME ELLE EST BELLE...
YÔKO AMAGI ...
AGENT SORCE-RISTE.

QUELQUES JOURS PLUS TARD ...
CENTRE HOSPITALIER DE ROPPONGI.
ENCO-RE UNE VICTIME INNOCEN-TE...
MINEURE, QUI PLUS EST !
SON CAS ENTRE DONC PARFAITEMENT DANS LE CHAMP D'APPLICATION DE LA LOI COM-PENSATOIRE...
CETTE FILLE...
A ÉTÉ TOUCHÉE PAR UNE BALLE PERDUE ...
PENDANT LA FUSILLADE DU QUARTIER CHINOIS DE YOKOHAMA !
SON NOM : MIKI YAMANE... 18 ANS* AU MOMENT DES FAITS, LYCÉENNE ...
* AU JAPON, LA MAJORITÉ EST FIXÉE À 20 ANS, NDT.
LE FAIT QU'ELLE SOIT AUSSI JOLIE, ÇA A DÛ JOUER, NON ?
SAIKO REISEN ...
MÉDECIN À L'INS-TITUT DE SORCE-RISME.
C'EST LE TRIBUNAL QUI DÉCIDE, PAS NOUS ...
QUI QUE SOIT LE RETUR-NER, NOTRE MISSION RESTE LA MÊME...
LA PERFECTION N'EST PAS DE CE MONDE, SURTOUT QUAND L'ÊTRE HUMAIN EST CONCERNÉ !
LA JALOUSIE, LA HAINE ET LE RESSENTIMENT SONT AUTANT DE SEMENCES MALFAISANTES PRÊTES À GERMER DANS L'ESPRIT HUMAIN...

BIEN QUE L'INFORMATION N'AIT JAMAIS ÉTÉ RENDUE PUBLIQUE, LES RETURNERS REVIENNENT À LA VIE AVEC CE QU'ON APPELLE UN BUG...
SI ON NE LES EN DÉBARRASSE PAS, ILS PEUVENT REPRÉSENTER UN VRAI DANGER POUR LA SOCIÉTÉ !
MOI, KENTO NAGUMO, JE TRAQUE CES BUGS...
ET L'AGENT AMAGI LES ÉLIMINE...
OU PLUTÔT LES DÉVORE !!
ON NOUS APPELLE...
"THE DEEP SEARCHER"...
ET...
"THE EVIL EATER"...
NOUS SOMMES DES SORCERISTES.
J'UTILISE D'ABORD...
LE SOUL DIVING...

POUR PLONGER...
FLASH

VSHHH
DANS LE SUBCONSCIENT DU SUJET...
MAIS...
QU'EST-CE QUI SE PASSE ?

?!
FSH
IL N'Y A RIEN... NI BUG, NI QUOI QUE CE SOIT QUI POURRAIT ME GUIDER VERS LUI...

CE SERAIT UNE FORME D'AMNÉSIE ?!
POURTANT, LES EXAMENS N'ONT RIEN RÉVÉLÉ D'ANORMAL !
MAIS SON MONDE INTÉRIEUR ÉTAIT COMPLÈTEMENT LISSE...
JE N'AI PAS PU M'Y ANCRER !
...
TU N'AS PAS RÉUSSI À ENTRER DANS SON SUBCONSCIENT ?
NON... J'AI BIEN ÉTABLI UNE CONNEXION...
COMME ELLE EST MORTE SUR LE COUP...
ELLE N'A PEUT-ÊTRE PAS EU CONSCIENCE DE SON DÉCÈS !
OU ALORS...

C'EST QUE SON CŒUR EST PARFAITEMENT PUR ...
TU CROIS ?
DU COUP, VOUS LA GARDEZ EN OBSERVATION ?
ON N'A PAS LE CHOIX...
CHEZ UNE JEUNE FILLE DE 18 ANS... J'EN DOUTE !
C'EST PLUTÔT RARE DE TE VOIR REVENIR BREDOUILLE ...
POURQUOI ON NE LAISSERAIT PAS LA PETITE S'EN OCCUPER ?
ELLES ONT L'AIR DE BIEN S'ENTENDRE, TOUTES LES DEUX...
NON...
CE SERAIT TOTALEMENT IRRESPONSABLE !
EN MÊME TEMPS, VU TA DERNIÈRE PRESTATION, ELLE PEUT DIFFICILEMENT FAIRE PIRE...
...

C'EST TRÈS DIFFICILE DE SAVOIR GARDER SES DISTANCES VIS-À-VIS DES RETURNERS...
ELLE SORT TOUT JUSTE DE L'ACADÉMIE, IL FAUT QU'ELLE PRENNE SES MARQUES !
C'EST LA PREMIÈRE FOIS QUE JE RENCONTRE DES SORCE-RISTES !
ON VOUS APPELLE "LES SORCIERS DES TEMPS MODERNES", PAS VRAI ?!
EUH...
C'EST COMME LES INSPECTEURS DE POLICE...
ON N'EN VOIT QU'À LA TÉLÉ, D'HABITU-DE !
EN TOUT CAS, ELLE A L'AIR EN PLEINE FORME...
FUIT
DIS, TU SAIS FAIRE QUOI, COMME MAGIE ?!
HEIN ?!
EUH...
J'IMA-GINE QUE TU PORTES UNE CAPE ET QUE TU VOLES SUR UN BALAI...
MAIS TU UTILISES UN BÂTON OU UNE BAGUETTE MAGIQUE ?
TU ES PLUTÔT DU GENRE CHAT NOIR OU HIBOU ?
EN FAIT... JE NE VOLE PAS...
ET JE N'AI RIEN DE TOUT ÇA...
VRAI-MENT ?!
AH BON ?!

JE SAIS ! TU ES VERSÉE DANS LES SECRETS OUBLIÉS DES SAVOIRS ANCIENS...
EN MANIPULANT LES ÉLÉMENTS, TU DONNES VIE À LA MATIÈRE À PARTIR DU NÉANT !
DOOOOM
MAIS NON... ÇA, CE SONT LES ALCHIMISTES !
ET PUIS ON NE CRÉE RIEN SANS RIEN...
QU...
ALORS TU AS DES SUPER-POUVOIRS !
TU ES TÉLÉPATHE ET PSYCHOKINÉSISTE... AVEC LES YEUX QUI S'ALLUMENT !
ET QUAND TU FAIS JAILLIR DES ÉCLAIRS DE TES MAINS, TES CHEVEUX FLOTTENT AU VENT !
DZZZT
N... NON PLUS... NI POUR LES YEUX...
NI POUR LES CHEVEUX !
BRRR BRRR BRRR
...
ALORS QU'EST-CE QUE TU PEUX FAIRE ?
TU ES BIEN UNE SORCE-RISTE, NON ?
GLOUPS
BRRR
BRRR
?!
VSHHH
DÉSOLÉE !!
JE NE VOULAIS PAS TE BLESSER !
EFFECTIVEMENT, CE N'EST PAS GAGNÉ...
...

TU NE M'EN VEUX PAS ?
POF
MAIS NON, MADE-MOISELLE YAMANE...
CE N'EST RIEN DU TOUT !
TU PEUX M'APPELER MIKI...
DIS, TU VEUX BIEN ÊTRE MON AMIE ?
BIEN SÛR !
...
REGARDE !
C'EST UNE ANCIENNE PHOTO D'ELLE...
TIENS DONC...
JE VOIS ! LOOK LOLITA ...

APPA-
REMMENT, ELLE ÉTAIT À FOND LÀ-DEDANS !
DEPUIS LE COLLÈGE, ELLE NE S'HABILLAIT PLUS QUE COMME ÇA...
EST-CE QUE CETTE MODE A UNE SIGNIFICATION PARTICULIÈRE ?
CERTAINS DISENT QUE C'EST UNE FAÇON UN PEU DÉCALÉE DE VIVRE SA VIE...
"NI EN 2D, NI EN 3D, MAIS EN 2,5 DIMENSIONS"...
RIEN QUE ÇA !
SINON, IL Y A UNE THÉORIE SELON LAQUELLE CE STYLE EST LIÉ À UNE RÉPUGNANCE DE SON PROPRE CORPS...
ET À UN REFUS D'EXPRIMER SA SEXUALITÉ !
CES FILLES ÉVITERAIENT AU MAXIMUM DE MONTRER LEUR PEAU ...
ET NE CHERCHERAIENT PAS OU TRÈS PEU LES RELATIONS AMOUREUSES...
QUI AURAIENT TENDANCE À LES ENNUYER PLUS QU'AUTRE CHOSE !

À PART ÇA, ELLES NE JURENT QUE PAR CE QUI EST MIGNON...
ELLES AURAIENT TENDANCE À REFOULER LEURS SENTIMENTS...
JE VOIS...
CE SERAIT DONC POUR ÇA QUE SON SUBCONSCIENT ÉTAIT D'UN BLANC IMMACULÉ ?
SI LES HOMMES LA DÉRANGENT À CE POINT, ALORS C'EST TOI QUI VAS TE CHARGER D'ELLE !
QUOI ?!
TANT QU'ON NE L'AURA PAS DÉBARRASSÉE DE SON BUG...
ON NE POURRA PAS LA RENVOYER CHEZ SES PARENTS...
ET SANS RIEN POUR IDENTIFIER UN ÉVENTUEL TRAUMATISME, IMPOSSIBLE DE FINIR LE PROCESSUS !
ELLE EST JOLIE, ÉLÉGANTE, ELLE POURRAIT PORTER N'IMPORTE QUOI...
POURQUOI ELLE A CHOISI CE LOOK DÉBILE ?
CETTE EXUBÉRANCE, SON ATTACHEMENT À AMAGI... BIZARRE, POUR UNE FILLE CENSÉE ÊTRE PUDIQUE ET FROIDE...
PAR CONTRE, NE COMPTEZ PAS SUR MOI...
POUR ME DÉGUISER EN LOLITA !
...

TU ES TROP MIGNONNE DANS MES VÊTEMENTS DU COLLÈGE !
LE GOTHIC LOLITA, C'EST PARFAIT POUR TOI !
AH... AH OUI ?
HA HA...
TON COLLÈGUE À LUNETTES S'EST ARRANGÉ POUR QUE JE RÉCUPÈRE MES FRINGUES...
VOUS ÊTES DRÔLEMENT COOL, CHEZ LES SORCERISTES !!
...
...
AAH... MAINTENANT, J'AI VRAIMENT L'IMPRESSION D'ÊTRE REVENUE À LA VIE !
BON, C'EST BIEN GENTIL TOUT ÇA, MAIS CONCRÈTEMENT, COMMENT JE PEUX L'AIDER...
EN TANT QUE SORCERISTE ?
QU'EST-CE QUE JE RACONTE ? PAS BESOIN DE MAGIE POUR LUI FAIRE PLAISIR !

DIS... ET SI ON SORTAIT ?
HEIN ?!
J'AI LE DROIT ?!
B... BIEN SÛR !
JE VAIS QUAND MÊME DEMANDER, MAIS ÇA DEVRAIT PASSER...
JE SUIS UNE SORCERISTE, APRÈS TOUT !
CE N'EST PAS BON POUR TOI, DE RESTER TOUT LE TEMPS ENFERMÉE !
OK, MAIS ON Y VA COMME ÇA !
POF
EUH ...
AVEC PLAISIR ...
YOUPIII !
...
GAM

WAOUH, YÔKO... TU ES SUPER FORTE !!
TU AS VU ÇA ? JE SUIS UNE PRO DES JEUX DE BASTON !
CLIC
YEAH !!
AH, JE ME SUIS BIEN AMUSÉE !
MOI AUSSI... C'EST LA PREMIÈRE FOIS QUE JE M'ÉCLATE COMME ÇA !
...
IL Y A QUELQUE CHOSE QUI NE VA PAS ?

J'ÉTAIS MORTE, PAS VRAI ?
POURTANT, JE NE RES-SENS RIEN DE SPÉCIAL ...
DIS-MOI...
JE SUIS BIEN COMME AVANT, HEIN ?
Ç...
ÇA VA ALLER, MIKI !!
POP
ON FERA TOUT POUR QUE TU PUIS-SES VITE RE-TROUVER TES PARENTS...
ET TES AMIS !
HÉ HÉ...
MERCI...
TU SAIS, JE VEUX RENTRER CHEZ MOI...
MAIS SI JE T'AI COMME AMIE, JE N'AI PAS BESOIN D'EN AVOIR D'AUTRES !
TU ES SÛRE ?!
EUH... SI...
ON EST COPINES POUR LA VIE, NON ?

AH !
MIKI !
AH, LE SORCIER À LUNETTES...
C'EST KENTO NAGUMO...
DÉSOLÉ, L'ENQUÊTE DURE PLUS LONGTEMPS QUE PRÉVU ...
EST-CE QUE...
FOLLY'S COFFEE
...
VOUS SAVEZ QUAND JE SERAI AUTORISÉE À RENTRER CHEZ MOI ?
JE NE PEUX RIEN TE GARANTIR...
...
MAIS ON VA ESSAYER DE RÉGLER ÇA RAPIDEMENT !
UNE FOIS SORTIE, JE POURRAI CONTINUER À VOIR YÔKO ?
JE CRAINS QUE CE NE SOIT PAS POSSIBLE...
QUOI ?
UNE FOIS LA RÉINSERTION TERMINÉE, UN AGENT SORCERISTE NE DOIT PLUS AVOIR DE CONTACT AVEC LES RETURNERS DONT IL S'EST OCCUPÉ...
C'EST LA RÈGLE !

AGENT NAGUMO !
QU'EST-CE QUE VOUS FAITES LÀ ?
JE VOUS AI CHERCHÉ PARTOUT !
DIS DONC, TU SAIS QUE ÇA TE VA SUPER BIEN ?
C'EST JUSTE POUR LA MISSION ...
À PROPOS...
ÇA SE PRÉSENTAIT PLUTÔT BIEN...
ET LÀ, ELLE NE VEUT PLUS ME VOIR !
IL S'EST PASSÉ QUELQUE CHOSE ?
TON BUT DOIT ÊTRE D'IDENTIFIER LE BUG QUI PARASITE SON ESPRIT ...
PAS DE T'EN FAIRE UNE AMIE !
MAIS C'EST VOUS QUI M'AVIEZ DIT QU'IL FALLAIT AVANT TOUT ÉCOUTER LES RETURNERS !
OUI, SAUF QUE J'AI L'IMPRESSION...
QUE TU PRENDS ÇA BEAUCOUP TROP À CŒUR...
C'EST QUE JE SUIS BIEN PLACÉE POUR LA COMPRENDRE !
MOI AUSSI, QUAND J'ÉTAIS PLUS JEUNE, J'AVAIS DU MAL À TROUVER MA PLACE...

IL SOURIT ?!
M... MAIS...
ÉCOUTE, ON Y EST PRESQUE ...
LE GERME PSYCHIQUE NE VA PAS TARDER À SE MANI-FESTER !
N'OUBLIE PAS QUE NOTRE JOB CONSISTE UNIQUEMENT À DÉTECTER ET À ÉLIMINER LE BUG QUI DORT EN ELLE...
JE SUIS SÛRE QUE C'EST DE MOI QU'ILS SE MOQUENT !
ILS RICANENT TOUS LES DEUX !
TU N'ÉTAIS DONC PAS MON AMIE...
YÔKO !

TING
!!
AMAGI !
SUIS-MOI !
VITE…
SUR LE TOIT !!
LE BLANC EST TOUJOURS LÀ …
MAIS JE SENS QUE QUELQUE CHOSE COMMENCE À REMUER…
LE MUR SE BRISE !
VSHHH
ÇA Y EST, JE PEUX ACCÉDER À SON MOI PROFOND…

MIKI, TU VEUX BIEN ÊTRE MA PETITE AMIE ?
EST-CE QUE TU ACCEPTERAIS DE SORTIR AVEC MOI ?
TIENS, MIKI...
C'EST POUR TOI !
PFF...
CE QUE LES GARÇONS PEUVENT ÊTRE SOÛLANTS...
MIKI, T'ES VRAIMENT UNE GARCE !
TU SAVAIS BIEN QUE MAKO ÉTAIT AMOUREUSE DE SHÔ !
HEIN ?!
MAIS JE N'AI RIEN FAIT !
ARRÊTE DE TE LA PÉTER...
OK, T'ES BIEN ROULÉE, ON A COMPRIS !
ET LES FILLES...
NE VALENT PAS MIEUX !
JE NE VEUX DE MAL À PERSONNE...
ET JE N'AI PAS ENVIE QU'ON M'EN FASSE...

COMMENT ELLE EST BONNE, MIKI !
ELLE ME REND DINGUE, LES GARS !
SI JE CHANGEAIS D'APPARENCE...
UNE VRAIE CHIENNE EN CHALEUR !
OUAIS, ELLE A LE FEU AU CUL !
SALOPE !
JE N'ATTIRERAIS PLUS TOUS CES PORCS...
PERSONNE NE ME FERAIT DE MAL...
ET JE NE FERAIS DE MAL À PERSONNE...
LE VOILÀ, JE LE TIENS !
J'AI TROUVÉ LE NOYAU DU BUG !
MENSONGES
REPLI SUR SOI
JALOUSIE
MOQUERIES
NARCISSISME
INSULTES
PARANOÏA

VSH
MIKI !!
MIKI, ÇA VA ?
PRÉPARE-TOI À PASSER AU DÉBUGGAGE !
AMIE ...
AMIE ...
QUE MES YEUX SOIENT TES YEUX...
VOIS !
FSHHH
ÇA Y EST !
SON SORT VA FAIRE APPARAÎTRE LE BUG !

VOIS LE VÉRITABLE ASPECT DES PENSÉES MALFAISANTES DE L'HOMME !
FSH...
FLASH
PSHHH
SALE ...
SON ÂME PORTE UNE CUIRASSE ?
TRAÎTRESSE ...

TU M'AS...
DOOOM
MENTI ...
BAM

JE N'AI PLUS BESOIN DE TOI ...
ALORS ...
CRÈVE !
CRRR
QU...
AMAGI NE RÉAGIT PAS ?!
!
CRRR
CRRR
TCHAC
CRRR
SLASH

VSHHH

CRAC
CHOMP

VISUALIZE, OVER !
MIKI !
...
AH !
C'EST FINI, AMAGI ...
HEIN ?!
POF
CETTE FOIS, TU ES REVE-NUE POUR DE BON DANS LE MONDE DES VIVANTS !!

PAPA !
MAMAN !!
JE SUIS HEUREUSE DE VOIR QUE TOUT EST RENTRÉ DANS L'ORDRE !
MÊME SI ELLE A TOUJOURS LA MÊME GARDE-ROBE ?
C'EST VRAI QUE SON APPARENCE N'A PAS CHANGÉ...
MAIS ELLE EST DÉBARRASSÉE DE SON BUG !
MISSION ACCOMPLIE...
NOTRE PARASITE DU JOUR ÉTAIT UNE HYPERTROPHIE DU MOI...
UN SENTIMENT DE PERSÉCUTION PEUT FACILEMENT DÉGÉNÉRER EN UN NARCISSISME EXACERBÉ...
SI LE GERME MALFAISANT ÉTAIT RESTÉ, ELLE AURAIT PU DEVENIR UN RÉEL DANGER POUR LA SOCIÉTÉ !
ENFIN, NE T'INQUIÈTE PAS... ELLE VA BÉNÉFICIER DU PROGRAMME DE PROTECTION DES RETURNERS !
DU COUP, ELLE VA CARRÉMENT CHANGER DE NOM ?
OU SEULEMENT DE LYCÉE ?
POUR TOI, ÇA REVIENT AU MÊME...

TU N'AURAS PLUS AUCUN CONTACT AVEC ELLE ...
MÊME SI ON NE SE REVOIT JAMAIS ...
ON RESTERA AMIES POUR TOUJOURS !
TU PRENDS TOUT ÇA TROP À CŒUR... IL FAUT QUE TU TE PRÉSERVES !
JE DÉBUTE, ALORS C'EST NORMAL...

VROUM
NAGUMO, ON A BESOIN DE TOI !
Affaire n° 3 Salvage
LA SÉANCE DE DÉBUGGAGE A MAL TOURNÉ !
OUAH...
QU'EST-CE QUI S'EST PASSÉ ?
MON PARTENAIRE...
EST RESTÉ PRISONNIER DU SUBCONSCIENT DU RETURNER !!
OÙ ÊTES-VOUS ?
AU PRINCESS HOTEL !

IL EXISTE UNE SCIENCE, UN SAVOIR À PART QUI ÉCHAPPE AUX CLASSIFICATIONS OFFICIELLES...
LA MAGIE !
CETTE PRATIQUE ANCESTRALE CÔTOIE DÉSORMAIS LES AUTRES SCIENCES SOUS LE NOM DE "SORCERISME"...
ON EST ARRIVÉS... MONTONS !
AOYAMA
Affaire n° 3 Salvage

EN L'AN 1 DE L'ÈRE SHÛBUN A ÉTÉ PROMULGUÉE LA LOI COMPENSATOIRE...
ILS TRAVAILLENT SUR QUELLE AFFAIRE ?
LE TARÉ QUI AVAIT POI-GNARDÉ DES PASSANTS AU HASARD DANS LE QUARTIER D'AKIHABARA ...
AH BON ?
C'EST TOUT RÉCENT POURTANT !
OUI, MAIS LE COUPABLE A DÉJÀ ÉTÉ EXÉCUTÉ...
ILS NE PERDENT PAS DE TEMPS !
CET ARRÊTÉ AUTORISE LA RÉSURRECTION DES VICTIMES D'HOMICIDE EN ÉCHANGE DE LA VIE DE LEUR MEURTRIER...
MALHEUREUSE-MENT, CETTE TECHNOLOGIE MIRACULEUSE N'EST PAS SANS RISQUE...

CLAC
KAMIKIDA, ÇA VA ?!
OUF, VOUS VOILÀ ...
VOICI RIN KAMIKIDA, "THE ETERNAL MEDIUM" ! ELLE EST TRAQUEUR, COMME MOI...
SANADA TIENT LE COUP ?
...
IL N'EST TOUJOURS PAS REVENU À LUI...
LE MOMENT EST MAL CHOISI, MAIS JE TE PRÉSENTE RYÔ SANADA, "THE SWORD MASTER"...
C'EST UN DÉBUGGEUR, IL A LE MÊME RÔLE QUE TOI...

ALORS L'INCIDENT EST ARRIVÉ PENDANT LE DÉBUGGAGE DE CE GOSSE ?
LES VICTIMES RESSUSCITÉES SONT APPELÉES DES "RETURNERS"...
LE PROBLÈME, C'EST QU'ELLES REVIENNENT À LA VIE AVEC CE QU'ON NOMME UN BUG...
OUI...
HITOSHI NAKANO, 14 ANS... UN SURDOUÉ DOTÉ D'UN Q. I. DE 200 ...
CE QUI A SÛREMENT PESÉ DANS LA BALANCE !
SI ON NE LES DÉBARRASSE PAS DE CES PARASITES PSYCHIQUES, ILS PEUVENT REPRÉSENTER UN GRAND DANGER POUR LA SOCIÉTÉ !

TU EN AS PARLÉ AU DIRECTEUR ?
NON, PAS ENCORE...
POURQUOI ?
EN FAIT...
J'AI PRÉFÉRÉ VOUS APPELER DIRECTEMENT !
TU ES...
LE MEILLEUR TRAQUEUR DE L'INSTITUT...
ET TA NOUVELLE PARTENAIRE ...
A LA RÉPUTATION D'ÊTRE TRÈS PUISSANTE...
VOUS SAUREZ CERTAINEMENT QUOI FAIRE AVEC CE RETURNER...
JE VOUS EN SUPPLIE, SAUVEZ MON ÉQUIPIER !

LES AGENTS SORCERISTES, CES SORCIERS DES TEMPS MODERNES...
PRENNENT EN CHARGE LES RETURNERS DE LEUR RÉSURRECTION À LEUR RÉINSERTION DÉFINITIVE DANS LA SOCIÉTÉ...
COMMENT EST-CE QUE L'AGENT SANADA S'EST RETROUVÉ PIÉGÉ ?
QUAND JE CHERCHE LES BUGS... IL ME TIENT LA MAIN...
C'EST AINSI QUE NOUS AVONS TOUJOURS PROCÉDÉ !
IL M'A DONC ACCOMPAGNÉE...
DANS LE SUBCONSCIENT DU RETURNER...

LE MONDE INTÉRIEUR DE CE GARÇON...
EST À LA HAUTEUR DE SON POTENTIEL INTELLECTUEL...
ON S'EST RETROUVÉS AU MILIEU D'UNE BIBLIOTHÈQUE AUX PROPORTIONS DÉMESURÉES...
LES RAYONNAGES PARFAITEMENT ORDONNÉS...
SEMBLAIENT S'ÉTENDRE À L'INFINI...

SOUDAIN, L'ORDRE A FAIT PLACE AU CHAOS...
ET ON A SENTI LA PRÉSENCE D'UN BUG !
L'ENTRÉE MENANT AUX PROFONDEURS DE L'INCONS-CIENT DE NO-TRE CIBLE N'ÉTAIT PLUS TRÈS LOIN...
MAIS EN APPRO-CHANT...
ON A ÉTÉ ASPIRÉS PAR UNE SORTE DE TOUR-BILLON...

RYÔ A RÉAGI IMMÉDIATEMENT...
EN TRANCHANT DE SON SABRE NOTRE LIEN PSYCHIQUE...
IL A BIEN FAIT...
FRSH

IL A D'ABORD PENSÉ À SAUVER SON BINÔME, PAS COMME MOI !
...
C'EST UN MODÈLE POUR TOUS LES SORCERISTES...
ON AURAIT TOUS FAIT LA MÊME CHOSE ...
ON EST PEU NOMBREUX, IL FAUT S'ENTRAIDER !
ENFIN, JE N'AURAIS JAMAIS IMAGINÉ QU'ON PUISSE EN ARRIVER LÀ ...
CE GARÇON ...
C'EST UN RETURNER ZÉRO, PAS VRAI ?
VOUS VOULEZ DIRE...
QU'IL NE DÉSIRE PAS REVENIR À LA VIE ?
JE SUPPOSE QUE C'EST PLUS QU'UN SIMPLE PETIT GÉNIE... TU PEUX NOUS RENSEIGNER ?
CE JEUNE HOMME EST VRAIMENT HORS NORME...
C'EST VRAI QU'IL A UN Q. I. EXCEPTIONNEL, MAIS ÇA VA AU-DELÀ !

VOUS AVEZ ENTENDU PARLER DU "THÉORÈME SUR LES SINGULARITÉS EN SORCELLERIE" ?
Singularity Theorems in Gramarye
OUI, ON L'A ÉTUDIÉ À L'ACADÉMIE !
PLUTÔT INDIGESTE ...
EH BIEN, C'EST LUI QUI L'A PONDU À L'ÂGE DE 9 ANS...
QUOI ?!
MÊME DANS SON ÉCOLE POUR SURDOUÉS, IL SAUTAIT DES CLASSES... À SA MORT, IL ÉTAIT DÉJÀ TITULAIRE D'UN DIPLÔME UNIVERSITAIRE !
IL AVAIT VRAIMENT QUELQUE CHOSE DE SPÉCIAL...
OUI, ÇA LUI FAIT UN POINT COMMUN AVEC LES SORCERISTES...
D'AILLEURS, TU ES UN PEU COMME LUI... TU AS AUSSI SAUTÉ UNE CLASSE À L'ACADÉMIE, PAS VRAI ?
FRANCHEMENT, JE NE SUIS PAS SÛRE D'ÊTRE PLUS COMPÉTENTE POUR AUTANT !
TOUT LE MONDE NE PEUT PAS DEVENIR SORCERISTE, LOIN S'EN FAUT...
N'OUBLIE PAS QUE TU AS DES POUVOIRS EXTRAORDINAIRES !

MOUAIS ...
POUR MA PART, JE N'AI JAMAIS CONSIDÉRÉ MES POUVOIRS COMME UN DON !
ET PUIS, S'IL EST À CE POINT GÂTÉ PAR LA NATURE...
POURQUOI NOTRE JEUNE AMI NE SOUHAITE-T-IL PAS REVENIR ?
...
EFFECTIVEMENT, TOUT N'EST PAS ROSE POUR LUI ...
ON LUI A DIAGNOSTIQUÉ UN SYNDROME D'HYPERSTIMULABILITÉ...
HYPER... QUOI ?
"HYPERSTIMULABILITÉ"...
IL POSSÈDE DES CAPACITÉS DE CONCENTRATION ET D'ANALYSE EXCEPTIONNELLES...
MAIS C'EST UN HYPERSENSIBLE, TRÈS INSTABLE ÉMOTIONNELLEMENT !
BREF, PAS TRÈS ÉQUILIBRÉ, LE PETIT PRODIGE ...
POURTANT, IL TRAVAILLAIT SUR UNE THÉORIE PASSIONNANTE...

IL PARAÎT QUE CETTE THÈSE RÉVOLUTIONNAIRE...
FAISAIT LE LIEN ENTRE LE SORCERISME ET LA PHYSIQUE !
ON N'EN EST PAS SÛRS ?
NON, LA RUMEUR COURAIT QU'IL AVAIT ABOUTI...
MAIS UN JOUR...
IL A TOUT DÉTRUIT ! SES NOTES, SES DONNÉES...
PUIS IL Y A EU CE DRAME...

QUI, SOIT DIT EN PASSANT, RESSEMBLAIT FORT À UN SUICIDE, EN CE QUI CONCERNE CE GARÇON...
ET EN FIN DE COMPTE, ON L'A RESSUSCITÉ SANS LUI DEMANDER SON AVIS.
C'EST LA DÉCISION DU TRIBUNAL... ENFIN, IL EST AUSSI POSSIBLE QU'IL Y AIT EU UNE SORTE D'ACCORD AVEC L'INSTITUT !
LOGIQUE...
TOUS LES SORCERISTES RÊVERAIENT D'AVOIR ACCÈS...
À SA FAMEUSE THÉORIE !
ON POURRAIT PEUT-ÊTRE ENFIN SAVOIR...
D'OÙ VIENNENT NOS POUVOIRS, QUELLES SONT NOS LIMITES...
POURQUOI ON EST NÉS COMME ÇA...
ET QUEL EST NOTRE DESTIN !
AVEC RYÔ, ON ÉTAIT CONSCIENTS DES RISQUES...
MAIS IL Y AVAIT À LA CLÉ LA RÉPONSE AUX QUESTIONS QU'ON SE POSE DEPUIS TANT D'ANNÉES !

ÇA FAIT LONGTEMPS…
QUE VOUS FAITES ÉQUIPE, TOUS LES DEUX ?
OUI…
TRÈS ! PRESQUE TROP…
JE NE VEUX…
PAS LE PERDRE…
NAGUMO, AVEC TON VISUALIZE…
JE SUIS SÛRE QUE TU PEUX LE SAUVER !
DE LA PART D'UNE SORCERISTE AUSSI EXPÉRIMENTÉE, C'EST UN HONNEUR…
MAIS ON ME SURNOMME AUSSI LE TUEUR D'ÉQUIPIER !
JE SORS JUSTE DE L'ACADÉMIE, MAIS JE FERAI DE MON MIEUX !
ET PUIS MOI AUSSI, J'AIMERAIS BIEN EN SAVOIR PLUS…
SUR CETTE FAMEUSE THÉORIE…

C'EST DU JOLI...
VOUS VOUS SOUCIEZ PLUS DE SA THÈSE QUE DE SA VIE !
ENFIN, AVEC TOUT ÇA, ON N'EST PAS PLUS AVANCÉS...
LANCER MON VISUA-LIZE SUR UN RETURNER ZÉRO...
CE N'EST PAS UNE MINCE AFFAIRE ! TIENS-TOI PRÊTE...
GLOUPS
JE VAIS DÉJÀ PLONGER DANS SON ESPRIT...
FLASH
SOUL DIVING !

?!
J'AI DU MAL À RESPIRER...
TOUTES LES CONNAISSANCES QU'IL A AMASSÉES...
MÉMOIRE, PENSÉES, ÉMOTIONS...
TOUT SE RETROUVE ASPIRÉ...
GROOO
LA TEMPÊTE A GAGNÉ EN PUISSANCE...
C'EST TOUT LE PSYCHISME DU RETURNER QUI EST EN TRAIN DE S'EFFONDRER !
differential and integral calculus
exposure

SON SUBCONSCIENT…
S'EST CHANGÉ EN UN VÉRITABLE TROU NOIR…
ET JE NE SENS TOUJOURS PAS LA PRÉSENCE DE L'AGENT SANADA !
IL A DÛ ÊTRE HAPPÉ AVEC LE RESTE…
DANS LES TRÉFONDS DE SON ESPRIT !
BON, QUAND FAUT Y ALLER…
…
TIENS ?

ÇA Y EST...
JE L'AI TROUVÉ !
JE VEUX MOURIR !
OUI...
JE VEUX MOURIR !
J'AI TOUT COMPRIS !
JE SAIS TOUT !
TOUT !
DES LÉGIONS DE PENSÉES NÉGATIVES !
L'ESPRIT DE CE GARÇON EST ENVAHI PAR DES PULSIONS SUICIDAIRES...

MAIS CE NE SONT PAS DES BUGS !
FRSH
JE N'AI ...
PLUS RIEN À FAIRE ...
TU N'Y ARRIVERAS PAS...
SWORD MASTER !!
PLUS RIEN À ACCOMPLIR...
SI JE VEUX LE SORTIR DE LÀ...
JE DOIS GÉRER ÇA DE L'EXTÉRIEUR !
TCHAC
VSHHH
DZZZT

DZZZT
PARFAIT …
JE ME SUIS ANCRÉ À LUI…
…
MAIS…
QU'EST-CE QU'IL FABRIQUAIT DANS L'INCONSCIENT DU GAMIN ?
TING
LE DIRECTEUR VOUS AVAIT UNIQUEMENT CHARGÉS …
DE DÉBUGGER CE GARÇON, RIEN D'AUTRE ?

...
PEU IMPORTE !
SI ON VEUT SAUVER SANADA, IL VA FALLOIR RECOURIR AU VISUALIZE...
C'EST PARTI, AMAGI !
...
PRÊTE !
FLASH
QUE MES YEUX SOIENT TES YEUX...

FSH
VOIS !
FSHHH
VOIS CETTE ÂME VIDE QUI PART VERS LA MORT...

DOOOOM
QU'EST-CE QUE C'EST...
QUE CE POUVOIR ?

FSHHHHH

オオオ
WOOOSH
FSHHH
FSHHHH
FSHHHH
FSHHH
?!
BRRR
LAISSEZ ...
MOI ...
JE VOUS EN...
SUPPLIE ...

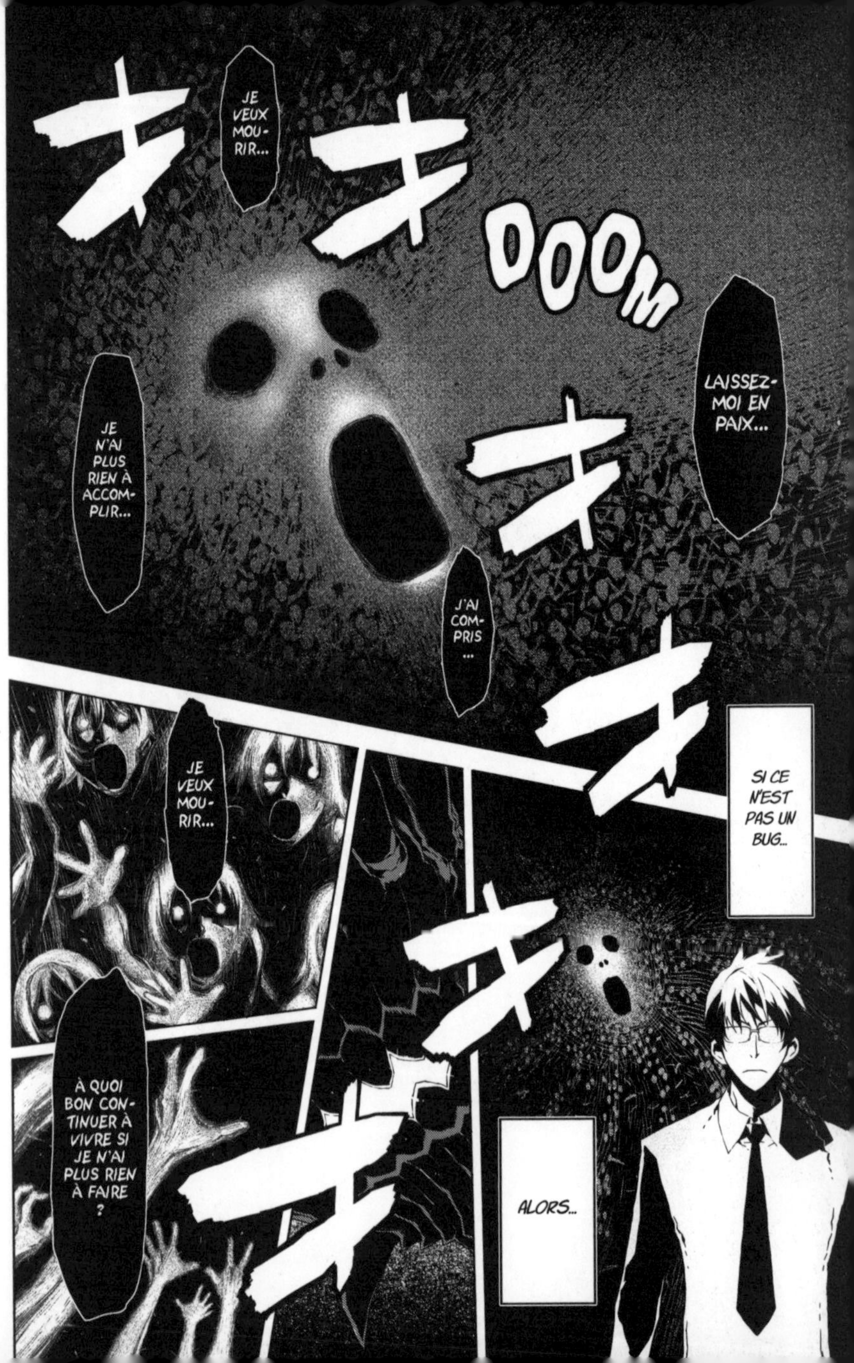
DOOM
LAISSEZ-MOI EN PAIX...
JE VEUX MOURIR...
J'AI COMPRIS...
JE N'AI PLUS RIEN À ACCOMPLIR...
SI CE N'EST PAS UN BUG...
ALORS...
JE VEUX MOURIR...
À QUOI BON CONTINUER À VIVRE SI JE N'AI PLUS RIEN À FAIRE ?

GROOO
JE VEUX EN FINIR ...
NON !
NE LE DÉVORE SURTOUT PAS !!
VISUALIZE, OVER !!

RYÔ !!
GH...
...
ALORS ?
IL EST DÉBUGGÉ ?
FRSH
NAGUMO ?
NON.
!
LE POUVOIR DE LA PETITE N'A RIEN DONNÉ NON PLUS ?
ON NE SE SERT PAS DE SON ÉQUIPIER COMME ÇA...
TU ES TROP CURIEUSE, KAMIKIDA !

JE NE T'AI AIDÉE QUE PARCE QUE JE SAIS À QUEL POINT TU TIENS À SANADA !
PERSONNE N'A ENVIE DE PERDRE UN ÉQUIPIER...
?
NAGUMO !
MERCI... JE TE SUIS TRÈS RECONNAISSANT !
DIS-MOI...
EST-CE QU'ON NE T'AVAIT PAS CHARGÉ DE SUPPRIMER SON DÉSIR DE MORT, PAR HASARD ?

POUR RAPPEL, MODIFIER LA PERSONNALITÉ D'UN INDIVIDU EST CONTRAIRE À NOTRE DÉONTOLOGIE...
HMM ...
JE NE VOIS PAS DE QUOI TU PARLES ...
QUOI QU'IL EN SOIT, ENCORE MERCI POUR TON AIDE !
ON A VRAIMENT LE POUVOIR DE MODIFIER LA PERSONNALITÉ DE QUELQU'UN ?
CES DEUX-LÀ, OUI !
LA LAME DE SANADA...
NE SERT PAS QU'À DÉBUGGER LES RETURNERS...
ET IL EST SECONDÉ PAR UNE ÉQUIPIÈRE DE PREMIER ORDRE !
ALORS L'INSTITUT VISAIT BIEN LA FAMEUSE THÉORIE DE CE GARÇON ...
ON DIRAIT, OUI...

ET LUI, QU'EST-CE QU'IL VA DEVENIR ?
ON VA LE CONDUIRE À LA CLINIQUE DE KAMANOKURA...
L'ÉTABLISSEMENT DESTINÉ AUX PERSONNES QU'ON N'A PAS PU DÉBUGGER ?
OUI... CELUI QU'ON APPELLE AUSSI "NEVERLAND"...
CE GAMIN EST UN RETURNER DE TYPE COMATIQUE...
ON AURAIT DÛ LE METTRE LÀ-BAS DEPUIS LE DÉBUT !
C'EST UN CAS ASSEZ RARE, N'EST-CE PAS ?
OUI... LA VICTIME RESSUSCITE, MAIS SANS AVOIR REPRIS CONSCIENCE...
MÊME RIN N'A PAS RÉUSSI À LE DÉBUGGER... ET ENCORE MOINS À LE RÉVEILLER !
...
AGENT NAGUMO...
PEUT-ÊTRE QUE VOUS, VOUS Y SERIEZ ARRIVÉ...

TU TE SOUVIENS DE CE QUE JE DIS TOUJOURS ?
LA PERFECTION N'EST PAS DE CE MONDE, SURTOUT QUAND L'ÊTRE HUMAIN EST CONCERNÉ !
JE DOIS AVOUER QUE ÇA ME TRAVAILLE, QUAND MÊME...
HMM...
CETTE HISTOIRE DE THÉORIE RÉVOLUTIONNAIRE SUR LE SORCERISME...
EN TOUT CAS...
ON PEUT ÊTRE SÛRS D'UNE CHOSE...
QUOI DONC ?
TAP
TAP
EH BIEN ...
LA CONCLUSION DE SES RECHERCHES... LUI A DONNÉ ENVIE DE MOURIR...

National gramarye academy
TU AS PEUR, YÔKO ?
Affaire n° 4 Fuite (1)
NE T'INQUIÈTE PAS...
...
DERRIÈRE CE PORTAIL, TU TROUVERAS PLEIN D'ENFANTS COMME TOI ...
C'EST VRAI ?
BIEN SÛR ! DES APPRENTIS VENUS DE TOUT LE PAYS...
ICI, TU VAS APPRENDRE À CONTRÔLER TES POUVOIRS ...
POUR DEVENIR UNE GRANDE SORCERISTE !
UNE SORCERISTE ?
OUI... TANT QUE NOUS POURRONS ÊTRE UTILES À L'HUMANITÉ...
LES GENS TOLÉRERONT NOTRE EXISTENCE...

TIENS, LIS DONC À VOIX HAUTE CE QUE TU VOIS ÉCRIT SOUS CETTE ARCHE...
CRIII
...
CE QUE PASSÉ CETTE PORTE TU VERRAS ET ENTENDRAS... À NUL AUTRE NE LE RÉPÉTERAS...
CE QUE PASSÉ CETTE PORTE TU APPRENDRAS, À NUL AUTRE NE LE TRANSMETTRAS...
PIIING
FLASH
?!
C'EST LE SORTILÈGE DE LIGATURE DE LA PAROLE... C'EST L'UN DES PLUS PUISSANTS DU CORPUS !
QUANT À CES GLYPHES QUE TU VIENS DE LIRE...
LE COMMUN DES MORTELS N'Y VERRAIT QUE DES SIGNES ÉTRANGES...
MAIS TOI, TU AS UN DON...

Affaire n° 4 Fuite (1)

ピ ピ ピ ピ...
BIP BIP BIP BIP
OUI ...
UNE GRANDE SORCERISTE...
ピ
BIP
HMM ...
ピ
BIP
ピ
BIP
?!
ピ
BIP
AUJOURD'HUI, ON A UN ÉCHANGE COMPENSATOIRE À TRAITER !
OH LÀ LÀ... JE SUIS EN RETARD !!
LA MAGIE CÔTOIE DÉSORMAIS LES AUTRES SCIENCES SOUS LE NOM DE "SORCERISME"...
LES SORCERISTES, VÉRITABLES SORCIERS DES TEMPS MODERNES, REÇOIVENT UN ENTRAÎNEMENT SPÉCIAL...
ET LA PLUPART INTÈGRENT ENSUITE L'INSTITUT DE SORCERISME POUR SE METTRE AU SERVICE DE LA SOCIÉTÉ.
YÔKO AMAGI ...
AGENT SORCERISTE.

INSTITUT DE SORCERISME, SALLE DES ÉCHANGES COMPENSATOIRES.
D... DÉSOLÉE POUR LE RETARD !
WOOOM
WOOOM
KENTO NAGUMO...
AGENT SORCERISTE.
LE SORTILÈGE A DÉJÀ COMMENCÉ...
CONCERNANT L'AFFAIRE D'AUJOURD'HUI...
J'AI LE DOSSIER !
IL S'AGIT DU MEURTRE D'UNE MÈRE CÉLIBATAIRE DU QUARTIER D'AKABANE... LA VICTIME A ÉTÉ VIOLÉE PUIS ÉTRANGLÉE...
QUAND UN MEURTRIER EST EXÉCUTÉ, IL EST POSSIBLE DE RAMENER UNE DE SES VICTIMES À LA VIE...
ET LA LOI COMPENSATOIRE AUTORISE L'USAGE DE CE PROCÉDÉ.
PSHHH
ÇA Y EST, VOILÀ NOTRE CLIENTE...

NOM : AYANE FUKAZAWA, 20 ANS...
PSHHH
LES AGENTS SORCERISTES ACCOMPAGNENT LES RETURNERS DE LEUR RÉSURRECTION JUSQU'À LEUR RÉINSERTION DANS LA SOCIÉTÉ...
MAIS L'ESSENCE MÊME DE LEUR FONCTION...

C'EST DE CONTRÔLER LA MORT !
NOUS DEVONS INSPIRER À LA FOIS LA CRAINTE ET LE RESPECT À LA POPULATION...
TELLE EST LA CONCLUSION À LAQUELLE ÉTAIENT ARRIVÉS NOS PRÉDÉCESSEURS...
ET C'EST LE SORTILÈGE D'ÉCHANGE DE VIES, NOTRE PLUS GRAND ACCOMPLISSEMENT, QUI NOUS DONNE CE POUVOIR.
MAIS LE RÉSULTAT N'EST JAMAIS PARFAIT ...
À QUEL PROBLÈME EST-ON ALORS CONFRONTÉ ?
AUX BUGS !

EXACTEMENT !
LES PERSONNES RESSUSCITÉES PAR LE BIAIS DU SORTILÈGE D'ÉCHANGE PORTENT EN ELLES DES GERMES PSYCHIQUES MALFAISANTS...
CES PARASITES SE NOURRISSENT DES MAUVAISES PENSÉES...
ET DES ÉMOTIONS NÉGATIVES...
QU'EST-CE QUI SE PASSE SI ON LES LAISSE SE DÉVELOPPER ?
LE PARASITE FINIT PAR PRENDRE LE DESSUS SUR SON HÔTE.
SI LE RETURNER NE CHANGE PAS PHYSIQUEMENT, IL N'EST PLUS VRAIMENT LE MÊME...
IL DEVIENT EXTRÊMEMENT ÉGOÏSTE ET N'ÉPROUVE PLUS NI SYMPATHIE NI COMPASSION POUR PERSONNE...
CE N'EST BIENTÔT PLUS QU'UN DÉMON DANS UNE ENVELOPPE HUMAINE !
AU FINAL, IL N'AURA PAS LE MOINDRE SCRUPULE À RECOURIR À LA VIOLENCE...
ET SÈMERA LE CHAOS AUTOUR DE LUI.
LA GUERRE EST DÉCLARÉE

L'AFFAIRE DE L'ATTENTAT DU GRAND MAGASIN D'IKEBUKURO EN EST UN BON EXEMPLE...
OU ENCORE CE MASSACRE DANS UNE UNIVERSITÉ, QUI A FAIT DE NOMBREUSES VICTIMES...
LES INSTIGATEURS DE CES DEUX TRAGÉDIES ÉTAIENT DES RETURNERS !
BIEN ENTENDU, ÇA N'A PAS ÉTÉ RENDU PUBLIC...
ET ÇA NE DOIT SURTOUT PAS L'ÊTRE...
MONSIEUR...
ALORS UNE FOIS QUE LE BUG S'EST INSTALLÉ, SON HÔTE DEVIENT FORCÉMENT UNE SORTE DE SOCIOPATHE ?
...
PAS TOUT À FAIT... IL EXISTE DES CAS BEAUCOUP PLUS PROBLÉMATIQUES ! FORT HEUREUSEMENT, ILS SONT TRÈS RARES...
QUOI QU'IL EN SOIT, C'EST À NOUS D'AGIR EN AMONT POUR PRÉVENIR DE TELS PROBLÈMES...
SEULS LES SORCERISTES ONT LE SAVOIR ET LES CAPACITÉS NÉCESSAIRES POUR ÉLIMINER CES DANGEREUX PARASITES !

CENTRE HOSPITALIER DE ROPPONGI.
PREMIÈRE PHASE DE L'INTERVENTION...
ELLE COMMENCE PAR UNE PLONGÉE DANS LE SUBCONSCIENT DU SUJET...
LA RECHERCHE DU BUG...

GROOOO
SOUL DIVING !!
QUELLE ATMOSPHÈRE OPPRESSANTE...
SA SOUFFRANCE EST RESTÉE INTACTE...
ELLE ME SUBMERGE !

!!
UNE VILLE ?!
C'EST PEUT-ÊTRE L'ENDROIT OÙ ELLE HABITAIT...
LES BÂTIMENTS SONT DÉFORMÉS...
SAUF CELUI-CI, QUI EST PARFAITEMENT DROIT...
QUANT AUX GENS, ILS SONT COMME DES ZOMBIES...
TIENS... J'AI DÉJÀ VU CE SYMBOLE, MAIS OÙ ?

DES MASQUES ?
TOUTE LA ZONE EST PEUPLÉE DE DÉMONS...
CETTE VILLE EST LE MONDE INTÉRIEUR D'AYANE...
C'EST DONC UNE REPRÉSENTATION DE SON TRAUMATISME...
JE DOIS M'Y CONNECTER !
CES FACES MONSTRUEUSES... C'EST SYMPTOMATIQUE DE L'ANTHROPOPHOBIE, LA CRAINTE PATHOLOGIQUE DE GÊNER...
MAIS CHEZ ELLE, LE PHÉNOMÈNE A L'AIR GÉNÉRALISÉ...
DE QUOI A-T-ELLE PEUR, AU JUSTE ?

UNE CRAINTE PATHOLOGIQUE DE GÊNER LES AUTRES ?
ÇA DOIT DATER D'AVANT SON DÉCÈS...
CETTE PEUR SERAIT LIÉE À UN TRAUMATISME ANTÉRIEUR ?
JE PENSE, OUI !
D'APRÈS SON DOSSIER, ELLE AVAIT ROMPU TOUT LIEN AVEC SES PARENTS...
ET ELLE VIVAIT SEULE AVEC SA FILLE...
...
Dr SAIKO REISEN...
MÉDECIN À L'INSTITUT DE SORCERISME.
ELLE A DÉMÉNAGÉ DEUX FOIS EN SIX MOIS...
DONC ELLE DEVAIT AVOIR PEU DE CONTACTS AVEC LE VOISINAGE...
ENCORE UNE QUI A DÛ FUIR UN MARI VIOLENT EN EMPORTANT SON BÉBÉ !
JE VOIS...
NON, ELLE N'A JAMAIS ÉTÉ MARIÉE...
ELLE A ÉTÉ VIOLÉE ET ÉTRANGLÉE DEVANT SON ENFANT...
BIEN ENTENDU, ELLE A BÉNÉFICIÉ DU PROTOCOLE D'EFFACEMENT SÉLECTIF DE LA MÉMOIRE !

EN REVANCHE, APRÈS CE QU'ELLE A SUBI, ELLE N'A PEUT-ÊTRE PAS TROP ENVIE D'AVOIR AFFAIRE À UN HOMME...
AU FAIT ...
ATTENDS, TU VEUX ENCORE CONFIER ÇA À LA PETITE ?
POURQUOI TU CROIS QU'ON A DES AGENTS FÉMININS ?
HEIN ?!
EH, JE PEUX PARLER ?!
ET SA FILLE, ALORS ?!
QU'EST-CE QU'ELLE EST DEVENUE ?!
...
ELLE A ÉTÉ PLACÉE ...
DANS UN ORPHELINAT ?
OUI, IL N'Y AVAIT PLUS PERSONNE POUR S'OCCUPER D'ELLE...
AH...
CETTE FEMME EST HABITÉE PAR LA PEUR...
ELLE FUYAIT QUELQU'UN OU QUELQUE CHOSE !
ÇA NE VA PAS ÊTRE DE LA TARTE ...
DIS-TOI BIEN QU'IL N'Y A PAS DE CAS FACILE...

RÉSIDENCE DE L'INSTITUT DE SORCERISME...
POUR LES RETURNERS EN ATTENTE DE RÉINSERTION.
EUH ...
JE PEUX FAIRE QUELQUE CHOSE POUR VOUS ?
...
ELLE NE ME RÉPOND MÊME PAS...
DITES-MOI... VOTRE PETIT AMI...
ENFIN, LE PÈRE DE VOTRE ENFANT...
C'EST LUI QUE VOUS CHERCHIEZ À FUIR ? IL VOUS POURSUIVAIT ?
...
ÇA...
ÇA N'A RIEN À VOIR !
SON PÈRE N'A RIEN À VOIR LÀ-DEDANS !

MADE-MOISELLE FUKAZAWA, TOUT VA BIEN !
JE VOUS DIS QUE SON PÈRE N'EST PAS CONCERNÉ !
ON VOUS PROTÉGERA, IL NE VOUS ARRIVERA RIEN...
ALLONS, CALMEZ-VOUS !
HAN
HAN
HAN
MA FILLE ...
COMMENT VA-T-ELLE ?
À MERVEILLE ! ELLE A ÉTÉ PLACÉE DANS UN ÉTABLISSEMENT SPÉCIALISÉ, OÙ ON S'OCCUPE TRÈS BIEN D'ELLE...
OÙ ÇA ?
JE VEUX LA VOIR !
MADE-MOISELLE FUKAZAWA ...
JE VEUX VOIR FÛKA !
AUCUNE MÈRE NE PEUT SUP-PORTER D'ÊTRE SÉ-PARÉE DE SON EN-FANT...
JE N'AI QU'ELLE AU MONDE...
ÉCOUTE-MOI, YÔKO...

TU VAS PARTIR...
AVEC LES DEUX MESSIEURS, D'ACCORD ?
PAPA...
MAMAN...
TES POUVOIRS ONT LE POTENTIEL DE RENDRE DE GRANDS SERVICES À L'HUMANITÉ...
ET NOUS POUVONS T'APPRENDRE À T'EN SERVIR !
JE VOUS LA CONFIE... C'EST ENCORE LÀ-BAS QU'ELLE SERA LE MIEUX !
OUI, C'EST LA MEILLEURE CHOSE À FAIRE... POUR TOUT LE MONDE...
NON !
YÔKO !
YÔKO !!

JE COMPRENDS ...
ヒュウウゥ...
FSHHH
UN ORPHELINAT QUELQUE PART À TOKYO.
POUR LE MOMENT, VOUS POUVEZ SEULEMENT L'OBSERVER DE LOIN...

MAIS APRÈS NOTRE EN-QUÊTE, VOUS POURREZ À NOU-VEAU VIVRE COMME TOUT LE MONDE !
MON BÉBÉ A ÉTÉ PLACÉ EN FOYER...
ALORS PLUS VOUS COOPÉ-REREZ...
FÛKA...
EN FOYER ...
...
NON !!
?!
BRRR

MADE-MOISELLE FUKAZAWA !
HAN HAN
HAN HAN
HAN HAN
CRIII
CLAC
CRISE D'HYPER-VENTILA-TION...
IL FAUT L'AIDER À REPREN-DRE UNE RESPIRATION NORMALE !
AGENT NAGUMO, QU'EST-CE QUE VOUS FAITES ICI ?
NE SOUS-ESTIME PAS LA PUISSANCE DU SOUL DIVING !
À PARTIR DU MOMENT OÙ JE SUIS CONNECTÉ À QUELQU'UN, NON SEULEMENT JE SUIS INFORMÉ DE SON ÉTAT ÉMO-TIONNEL, MAIS JE PEUX AUSSI LE LOCALISER...

C'EST BON, ELLE S'EST CALMÉE...
ON VA LA RAMENER À L'HÔPITAL !
HAN
HAN
HAN
HAN
NON, IL FAUT D'ABORD LA DÉBARRASSER DU GERME MALFAISANT !
QUOI ?!
SON ESPRIT EST SATURÉ D'ÉMOTIONS NÉGATIVES...
TU SAIS BIEN QU'ON NE DOIT JAMAIS LAISSER UN RETURNER REPRENDRE CONTACT AVEC SA FAMILLE AVANT QU'IL AIT ÉTÉ DÉBUGGÉ !
POURQUOI CETTE INITIATIVE ?
MAIS...
ELLE N'A EU AUCUN CONTACT AVEC SON BÉBÉ !
JE L'AI SEULEMENT LAISSÉE LE VOIR D'ICI !
FÛKA...
MA PETITE FÛKA...

J'AI PENSÉ QUE SI ON NE LUI MONTRAIT PAS QUE SA FILLE ÉTAIT EN BONNE SANTÉ...
ELLE NE FERAIT AUCUN EFFORT POUR ALLER DE L'AVANT !
FÛKA ...
ET TU AS OBTENU LE RÉSULTAT INVERSE ...
TU N'AS RÉUSSI QU'À CONCRÉTISER SON ANGOISSE !
ON NE ME LA VOLERA PAS !
CLANG
JE NE LAISSERAI PLUS PERSONNE ME LA PRENDRE !
MADEMOISELLE ...
IL FAUT QU'ON RÉAGISSE, SINON LE BUG VA PRENDRE LE DESSUS !
IL EST TEMPS DE PASSER À L'ACTION !

ÇA Y EST, ÇA ME RE-VIENT !
LA SECTE DU CALICE DES ANGES !
MLLE FUKAZAWA ÉTAIT DONC UNE DE SES ADEPTES...
LA PORTE DE LEUR TEMPLE... VOILÀ LE PAS-SAGE VERS LES PROFONDEURS DE SON IN-CONSCIENT !
ME REVOILÀ DANS LA VILLE DES DÉMONS ...
LA TOUR A L'AIR ENCORE PLUS GRANDE QUE LA DERNIÈRE FOIS...

AU SECOURS ! PAPA ! MAMAN !!
ROMPONS TOUS LES LIENS QUI NOUS RATTACHENT À CE MONDE VULGAIRE...
POUR NOUS VOUER CORPS ET ÂME AU GRAND MAÎTRE !
NOOON !!

J'AI LOCALISÉ LE BUG !
IL NE RESTE PLUS QU'À LE FAIRE APPARAÎTRE... VISUALIZE !
FLASH
QUE MES YEUX SOIENT TES YEUX...
VOIS !
VOIS L'ASPECT DE L'ÂME DE CETTE FEMME DÉVORÉE PAR LA SOLITUDE...
ET CONDAMNÉE À FUIR ÉTERNELLEMENT UN PASSÉ CAUCHE-MARDESQUE !

DOOOOOOM
SON DÉGOÛT ET SA PEUR ONT DONNÉ AU GERME MALFAISANT ...
L'APPARENCE D'UNE NUÉE D'INSECTES !
AMAGI !
C'EST UNE FORME REDOUTABLE !
PLAF
PLAF
PLAF
FSHHH

FRSHHH
C'EST ÇA, TRÈS BIEN !
UN PEU BOURRIN, MAIS EF-FICACE !
SPLARF
SPLARF

CRAC
?!
QU'EST-CE QU...
MON SCEAU !
BRAOUM

FÛKAAA !!
BON SANG !

——VISUALIZE,
——OVER !!
LE BUG
EST EN TRAIN
DE GAGNER EN
PUISSANCE !

LE LENDEMAIN...
AYANE FUKAZAWA S'EST ENFUIE DE L'HÔPITAL DE ROPPONGI ...
ET A ENLEVÉ UNE PETITE FILLE À L'ORPHELINAT AVANT DE DISPARAÎTRE...

17 : 42
DANS LE CADRE DE LA LOI D'ÉCHANGE COMPENSATOIRE, LES VICTIMES D'HOMICIDE PEUVENT ÊTRE RESSUSCITÉES EN ÉCHANGE DE LA VIE DE LEUR MEURTRIER...
19 : 31
MAIS CE QU'ON A PRIS SOIN DE DISSIMULER À LA POPULATION...
19 : 37
C'EST QUE CES "RETURNERS" SONT PARASITÉS PAR UN GERME PSYCHIQUE MALFAISANT TAPI AU PLUS PROFOND DE LEUR CŒUR...
UN BUG.
SI ON NE LES EN DÉBARRASSE PAS...
ILS PEUVENT REPRÉSENTER UNE RÉELLE MENACE POUR LA SOCIÉTÉ...
19 : 43

Affaire n° 5 / Fuite (2)

APRÈS L'EXÉCUTION...
D'UN COUPABLE DE VIOL ET DE MEURTRE...
SA VICTIME, AYANE FUKAZAWA...
A PU REVENIR À LA VIE GRÂCE À LA LOI D'ÉCHANGE COMPENSATOIRE...
ET DES AGENTS SORCERISTES ONT ÉTÉ MANDATÉS POUR PROCÉDER À SON DÉBUGGAGE.
MAIS...
LA PAUVRE FEMME VOULAIT TELLEMENT REVOIR SA FILLE...
QUE LE BUG CACHÉ EN ELLE S'EST RÉVEILLÉ...
ET L'OPÉRATION A DÛ ÊTRE INTERROMPUE EN PLEIN MILIEU DU PROCESSUS...

COMMENT VA LA PETITE ?
ELLE NE DEVRAIT PAS TARDER À SE RÉVEILLER !
ELLE EST EN ÉTAT DE RENTRER CHEZ ELLE ?
A PRIORI... LES EXAMENS N'ONT RIEN RÉVÉLÉ D'ANORMAL !
C'EST TRÈS ÉTRANGE ...
ELLE PORTE LA TRACE D'UN COUP VIOLENT À L'ABDOMEN, MAIS IL N'Y A NI HÉMORRAGIE INTERNE NI DOMMAGE AUX ORGANES...
LA VOILÀ AVEC DES STIGMATES, MAINTENANT ?
LE BUG S'EST EMBALLÉ ...
ET IL S'EN EST PRIS À ELLE... SI JE N'AVAIS PAS MIS FIN AU PROCESSUS, ELLE SE FAISAIT DÉVORER !

NOTRE CHER TUEUR D'ÉQUIPIER CHERCHERAIT-IL À CHANGER D'IMAGE ?
ENFIN, ELLE EST SAINE ET SAUVE, C'EST TOUT CE QUI COMPTE…
JE N'AVAIS PAS ANTICIPÉ QUE LE GERME MALFAISANT PRENDRAIT LE DESSUS SI VITE…
VISUALIZE FACILITE L'ÉLIMINATION DU BUG…
MAIS IL NOUS REND AUSSI PLUS VULNÉRABLES AUX ATTAQUES…
NA…
NAGUMO… AIDE-MOI !

IL NE FALLAIT PAS VOUS EN FAIRE POUR MOI...
POURQUOI AVEZ-VOUS INTERROMPU L'OPÉRATION ?
J'ÉTAIS PARFAITEMENT CAPABLE DE...
ENFIN... MON POUVOIR AURAIT FINI PAR AVOIR RAISON DU BUG !
DÉTROMPE-TOI...
TU AS MANQUÉ DE PROFESSIONNALISME...
ET RÉSULTAT, SON BUG S'EST EMBALLÉ !

QUEL MAL Y A-T-IL À LAISSER UNE MÈRE VOIR SON ENFANT ?!
JE NE PENSE PAS AVOIR AGI INCONSIDÉRÉMENT...
...
CETTE FEMME EST UNE VICTIME...
SI VOUS N'AVIEZ PAS STOPPÉ VOTRE SORT...
JE SUIS SÛRE QUE J'AURAIS PU DÉVORER SON BUG !
TU TE SURESTIMES...
TU CROIS PEUT-ÊTRE QUE TU PEUX DÉBUGGER UN RETURNER À TOI TOUTE SEULE ?
JUSTEMENT...

C'EST BIEN POUR ÇA QUE VOUS N'AURIEZ PAS DÛ METTRE FIN AU PROCESSUS !
IL FALLAIT TERMINER LE BOULOT...
QUELS QUE SOIENT LES RISQUES !
UNE PETITE BLESSURE, CE N'EST PAS LA FIN DU MONDE !
SI MON POUVOIR NE PEUT PAS AIDER LES GENS, ALORS À QUOI IL SERT ?!

HABILLE-TOI, AVANT DE MONTER AU CRÉNEAU !
OUPS ...
NAGUMO ...
FUIT
AGENT AMAGI...
JE VAIS ÊTRE TRÈS CLAIR ...
JE N'AI AUCUNE ENVIE DE FAIRE ÉQUIPE AVEC UN KAMIKAZE !
T'EN FAIS PAS, MA GRANDE...
C'EST JUSTE QU'IL S'INQUIÈTE POUR TOI SANS VOULOIR LE MONTRER !
IL N'EST PAS DU GENRE À LAISSER TOMBER SES ÉQUIPIERS !
...
À CE PROPOS...
QU'EST-CE QUI EST ARRIVÉ À SON BINÔME PRÉCÉDENT ?

IL A ÉTÉ INTERNÉ À NEVERLAND ...
L'AGENT NAGUMO PASSE LE VOIR UNE FOIS PAR MOIS...
BON, ET TOI ?
TU VEUX QU'ON TE GARDE EN OBSERVATION ?
NON...
JE NE ME LAISSERAI PAS ÉVINCER AUSSI FACILEMENT ...
L'OPÉRATION DE DÉBUGGAGE D'AYANE FUKAZAWA NE FAIT QUE COMMENCER !

CHINTAI
TU AS RAISON DE PENSER...
QU'IL FAUT LUI RENDRE SA FILLE...
MAIS CHAQUE CHOSE EN SON TEMPS !
...
UN RETURNER NE DOIT PAS AVOIR DE CONTACTS AVEC SES PROCHES, ET ENCORE MOINS AVEC SES ENFANTS, AVANT D'AVOIR ÉTÉ TRAITÉ...
ON NE PEUT PAS DÉROGER À CETTE RÈGLE !
HMM... AU FAIT, ON SAIT OÙ ELLE SE CACHE ?
J'ESSAIE DE LA LOCALISER...
MALHEUREUSEMENT, LORSQU'UN BUG S'EMBALLE, LA CONNEXION S'AFFAIBLIT !
...
QUAND LE GERME MALFAISANT PREND LE CONTRÔLE POUR DE BON, LE LIEN EST COMPLÈTEMENT ROMPU...
DONC TANT QUE LA LIAISON EST MAINTENUE, AUSSI TÉNUE SOIT-ELLE, ON SAIT QUE NOTRE FUGITIVE EST ENCORE ELLE-MÊME !

NOUS Y SOMMES... HMM... C'EST UN VRAI PA-LAIS !
キィ
CRIII
AGENT NAGUMO...
JE COMPENDS QUE VOUS DOUTIEZ DE MES COMPÉ-TENCES...
MAIS AYEZ AU MOINS CONFIANCE EN MON POUVOIR !
TU PRENDS CETTE AF-FAIRE TROP À CŒUR...
...

TU N'ES PAS RES-PONSABLE DE LA FAÇON DONT LES RETURNERS CHOISISSENT DE VIVRE LEUR VIE...
LE SOR-CERISME NE PERMET PAS DE TOUT AC-COMPLIR !
SAUF QUE SI ON NE PEUT PAS RENDRE LES GENS HEUREUX ...
NOS POU-VOIRS NE SERVENT À RIEN !
TU AS BESOIN D'ÊTRE SUPER-VISÉE...
À L'INTÉ-RIEUR DE MON CERCLE RITUEL, C'EST MOI QUI COM-MANDE !
OK, À UNE CONDITION ...
QUOI QU'IL ARRIVE, VOUS ME LAISSEREZ FAIRE MON JOB JUSQU'AU BOUT, D'ACCORD ?
VSH

?!
OUIIIN !
OUIIIN !
OUIIIN !
OUIIIN !
AYANE ...
OUIIIN !
OUIIIN !
NYS-TAGMUS CARACTÉ-RISTIQUE ...
LE BUG EST À DEUX DOIGTS DE SE RÉVEIL-LER !
SI ELLE BASCULE, LES DÉGÂTS PSYCHIQUES SERONT IRRÉVER-SIBLES...
ET IL NE SERA PLUS QUESTION DE LUI REN-DRE SA FILLE...
ALORS IL FAUT RETENTER UN DÉBUG-GAGE !
PAS TOUT DE SUITE... ON VA DÉJÀ PASSER PAR LE SOUL DIVING !
HEIN ?!

SON BUG S'EST PEUT-ÊTRE EMBALLÉ ...
À CAUSE DE TES INITIATIVES SAUGRENUES...
MAIS ÇA N'EXPLIQUE PAS TOUT !
J'AI FORCÉMENT...
LAISSÉ PASSER QUELQUE CHOSE !
SI JE N'ARRIVE PAS À IDENTIFIER LE NOYAU ...
JE NE POURRAI PAS FAIRE APPARAÎTRE LE BUG...
ET ON RISQUE DE SE PRENDRE UN NOUVEAU RETOUR DE FLAMME...
MAIS ALORS... C'ÉTAIT DE VOTRE FAUTE !
LE TEMPS PRESSE, AMAGI...
C'EST NOTRE DERNIÈRE CHANCE !
JE VAIS DE NOUVEAU PLONGER ...
DANS LES TRÉFONDS DE SON ESPRIT...
LÀ OÙ SE CACHENT LES CRIMES ET LES SECRETS INAVOUABLES ...

APPAREMMENT, C'EST CETTE ORGANISATION QU'ELLE FUIT...
LA SECTE DU CALICE DES ANGES...
AYEZ FOI EN MA PAROLE ET EN MON POUVOIR...
CE DON QUE J'AI REÇU DES CIEUX !
UN VIEUX PERVERS LUBRIQUE IMBU DE LUI-MÊME...
LE GOUROU TYPIQUE...
LES FEMMES DE LA SECTE SONT TOUTES SES ÉPOUSES...
ET LEURS ENFANTS SONT SA PROPRIÉTÉ...
OÙ EST-ELLE ?
OÙ EST MA FILLE ?
L...
LAQUELLE EST-CE ?
C'EST ELLE !
OUI, J'EN SUIS SÛRE...
ELLE ME RESSEMBLE !

?!
C'EST MA FILLE !
OUIIIN !
OUIIIN !
OUIIIN !
OUIIIN !
PAS DE DOUTE POSSIBLE ...
JE NE PEUX PAS ME TROMPER !
JAMAIS JE N'AURAIS PU PARTIR SANS TOI ...
MAIS ALORS CE N'EST PEUT-ÊTRE MÊME PAS SON EN-FANT !
LA CULPABILITÉ ET LA PEUR...
FUITE
FÛKA
TERREUR
MÉPRISE
FÛKA
MATERNITÉ
FÛKA
VRAI OU FAUX
ABANDON
FÛKA
ERREUR
VOILÀ LE NOYAU DU BUG !
PIIING

QUE MES YEUX SOIENT TES YEUX !
FLAASH
VISUALIZE !!
VOIS !
VOIS LE CAUCHEMAR DE CETTE MÈRE...
QUI CONTINUE À VIVRE DANS LA PEUR...
DES BRUITS DE PAS DES FANATIQUES...
ET DE LA VÉRITÉ...

CONTEMPLE...
ゴオオオオ
GWOOOO...
SA VÉRITABLE FORME !
C'EST DONC À ÇA QUE SON BUG RES-SEMBLE...
タッ
TAP

ギューン!!
WOOOOOSH
ガッ!!
CHOMP
?!
ズズズ...
FUIIIIT
!
ピク
SLURP
ピク
SLURP

AMAGI !!
FSHHH
BANG

GROAR
BROOOM
?!
FSHHH

NON, ATTENDS !
CE N'EST PAS LE BUG !
FSHHHHH
SEULEMENT LA MATÉRIALI-SATION DE SA PERSON-NALITÉ...
UN AGRÉGAT DE TOUS SES SOU-VENIRS...
!
AMAGI !
NE FAIS PAS ÇA !
BON SANG...
MAIS QU'EST-CE QUE TU AS EN TÊTE ?!

TANT QUE NOUS POURRONS ÊTRE UTILES À L'HUMANITÉ, LES GENS TOLÉRERONT NOTRE EXISTENCE...
ET QUAND JE REVIENDRAI À LA MAISON...
JE SERAI DEVENUE UNE GRANDE SORCERISTE !
?!
MAMAN...
?!
MAIS C'EST...
LE SUBCONSCIENT D'AMAGI !
ELLE SE BAT À L'INSTINCT...
D'UNE FAÇON TRÈS PROCHE DE CELLE DES BUGS...
SON ESPRIT EST SEMBLABLE À CELUI D'UN RETURNER, MAIS SANS LA MOINDRE DÉFENSE...
JE M'Y SERAIS CONNECTÉ SANS M'EN RENDRE COMPTE ?

BROOOM
BROOOM
BROOOM
QUOI QU'IL EN SOIT...
IL VA FALLOIR QUE JE CONTRÔLE UN PEU TOUT ÇA...
OÙ ES-TU ?
FÛKA ...
?!
VIENS VOIR MAMAN !!

LE BUG S'EST RÉVEILLÉ ?! ALORS TOUT EST FICHU !
...
AGENT NAGUMO ...
IL FAUT ABSOLUMENT AIDER AYANE ET SA FILLE À RETROUVER LE BONHEUR !
ON PEUT LE FAIRE !

FÛKA !
J'ARRIVE !
MAMAN ARRIVE, MA CHÉ-RIE !
DANS CE CAS ...
BOUFFE-MOI ÇA !

VISUALIZE, OVER !!
CHOMP
SI JE COMPRENDS BIEN, TU AS GOBÉ LA MÉMOIRE DU RETURNER EN MÊME TEMPS QUE LE BUG ?
TU N'AS PAS VOLÉ TON SURNOM D'EVIL EATER !
ENFIN, MISSION ACCOMPLIE, JE SUPPOSE...

POF
C'EST VRAI QUE JE N'Y SUIS PAS ALLÉE AVEC LE DOS DE LA CUILLÈRE...
?
FUIT
TOUTES NOS EXCUSES... ÇA NE SE REPRODUIRA PLUS !
JE N'AI PAS SU DONNER LES BONNES DIRECTIVES À MON ÉQUIPIÈRE...
GH...
LE POUVOIR DE L'AGENT AMAGI EST IMPRESSIONNANT...
MAIS SA MAÎTRISE EN EST ENCORE APPROXIMATIVE...
UN ACCIDENT... JE VOIS...
RESTE QUE TOUCHER À LA PERSONNALITÉ D'UN INDIVIDU CONSTITUE UNE GRAVE ENTORSE À NOTRE DÉONTOLOGIE !
JE VEUX UN RAPPORT DÉTAILLÉ SUR TOUTE CETTE AFFAIRE D'ICI DEMAIN !
VOUS POUVEZ DISPOSER !

ON VIENT DE RECEVOIR LES RÉSULTATS DES TESTS ADN !
LA PETITE FÛKA...
EST BIEN SA FILLE !
JE SERAIS TOI, JE NE LA RAMÈNERAIS PAS TROP...
VOUS VOUS RENDEZ COMPTE DE CE QUE VOUS AVEZ FAIT ?
MAIS...
À QUI EST CETTE PETITE ?
...
ENFIN BON... ON A LA CONFIRMATION QUE C'EST BIEN SON ENFANT...
TU CROIS QU'ELLE VA S'EN SORTIR ?

OUI, J'EN SUIS PERSUA-DÉE !
MÊME LE SORCERISME NE PEUT PAS EFFACER COM-PLÈTEMENT LE CŒUR DES GENS...
ET C'EST POUR SA FILLE QU'ELLE EST REVENUE PARMI NOUS !
...
MAMAN, OÙ TU ES ?
ELLES VONT POUVOIR BÉNÉFICIER DU PROGRAMME DE PROTECTION DES RETUR-NERS...
MAMAN !
ELLES N'AURONT PLUS RIEN À CRAINDRE DE CETTE SECTE DE TARÉS !

À CE SUJET, JE NE COMPRENDS PAS BIEN CE QUI S'EST PASSÉ... ELLE N'A PLUS AUCUN SOUVENIR DE CETTE PÉRIODE DE SA VIE...
ET POURTANT, LE RESTE DE SA MÉMOIRE EST INTACT !
C'EST POSSIBLE, UNE AMNÉSIE AUSSI SÉLECTIVE ?
À QUELQUE CHOSE MALHEUR EST BON...
C'EST LE CAS DE LE DIRE !
ON CROIRAIT DE LA MAGIE...
AH NON !
VOYONS DOCTEUR...
CE N'EST PAS DE LA MAGIE...
C'EST DU SORCERISME !!
PAS VRAI...
AGENT NAGUMO ?

NAGUMO ! AIDE-MOI !!
VISUALIZE, OV...

AU SECOURS !
NAGUMO !
NAGUMO !

オオオオ...
GROOOO
Affaire n° 6 Inferno
ドッ
TCHAC

...
TU AS RECOURS AU SOUL DIVING À CHAQUE FOIS QUE TU LUI RENDS VI-SITE ?
SON COMA EST TRÈS PROFOND ...
MAIS J'ESSAIE DE TROUVER UNE BRÈCHE QUI PERMETTRAIT DE LE RÉ-VEILLER...
TU N'ES PAS MÉ-DECIN...
NE JOUE PAS LES APPRENTIS SORCIERS !
"FLEXI-BLE ARMS" ÉTAIT UN EXCELLENT ÉLÉMENT, MAIS...
IL L'EST TOUJOURS !

TON BOULOT EST D'EXPLORER L'ESPRIT DES RETURNERS ...
PAS CELUI DES SORCE-RISTES !
MAMAN, OÙ TU ES ?
MAMAN !
DITES-MOI, COMMENT EST-CE QUE L'AGENT AMAGI EST ENTRÉ À L'INSTITUT ?
C'EST MOI QUI L'AI RECRUTÉE ...
ELLE AVAIT SIX ANS...
QUAND SON POU-VOIR S'EST RÉVÉLÉ !

UN PÉDO-PHILE...
VROUUF
AVAIT VOULU L'AGRES-SER...

IL A BRÛLÉ VIF ?
OUI... HEUREUSEMENT, ELLE N'EN A PAS GARDÉ LE MOINDRE SOUVENIR !
DES ANTÉCÉDENTS FAMILIAUX ?
EN EFFET ! ON A PU LE VÉRIFIER PAR LA SUITE...
PAR SA MÈRE, ELLE DESCEND...
D'UNE LONGUE LIGNÉE DE SORCIÈRES !
GÉNÉRALEMENT, CE TYPE DE POUVOIR...
SE MANIFESTE À L'ADOLESCENCE...
SAUF QUE DANS SON CAS, IL S'EST RÉVEILLÉ ACCIDENTELLEMENT...
AVANT QUE SA MÈRE AIT EU LE TEMPS DE LUI APPRENDRE À LE DISSIMULER.
ET ELLE, QU'EST-CE QU'ELLE EST DEVENUE ?
...

ON A PERDU SA TRACE...
ELLE A DISPARU AUSSITÔT APRÈS L'ENTRÉE D'AMAGI À L'ACADÉMIE !
ON SUPPOSE QUE C'EST ELLE QUI A SCELLÉ LA MÉMOIRE DE SA FILLE POUR LA PROTÉGER...
NOS SERVICES SONT SUR SA PISTE...
CE N'EST POURTANT PAS UNE CRIMINELLE...
AMAGI EST AU COURANT ?
C'EST UNE SORCERISTE PLEINE DE POTENTIEL...
ET RETROUVER SA MÈRE EST UNE DE NOS PRIORITÉS !
L'INSTITUT PRÉFÈRE NE PAS LAISSER...
TROP D'INDIVIDUS DOUÉS DE POUVOIRS PARANORMAUX DANS LA NATURE...
ON NE PEUT PAS SE PERMETTRE DE LEUR ACCORDER TROP DE LIBERTÉ !
TU DEVINES SÛREMENT...

À QUI JE PENSE QUAND JE DIS ÇA...
BÂTIMENT B, APPARTE-MENT 309...

M. GOTÔ RENTRE ENFIN CHEZ LUI...
C'ÉTAIT MON SIXIÈME RETURNER...
J'AI LE SENTIMENT DE FAIRE DU BON BOULOT ...
EN FAIT, C'EST AUJOURD'HUI QU'IL RESSUSCITE POUR DE VRAI !
J'ESPÈRE QU'IL POURRA REDEVENIR PROF...
JE MANQUE JUSTE ENCORE UN PEU D'EXPÉRIENCE !
ALORS, ON ESPIONNE LES GENS ?

QU... QUOI ?!
ON PEUT SAVOIR CE QUE TU FAIS LÀ, MA JOLIE ?
HEIN ?!
AHEM ...
FUIT FUIT
あたふた
J... JE VOUS ASSURE QUE JE NE FAIS RIEN DE MAL...
HMM...
EFFECTIVEMENT, JE TE VOIS MAL EN DANGEREUX PERVERS ...
TU FAIS UNE FIXETTE SUR QUELQU'UN ?
MAIS NON, PAS DU TOUT !!
EN FAIT ...
OUI ?
JE DEVRAIS PEUT-ÊTRE TE SIGNALER À LA POLICE...
M... ME SIGNALER ?!
PROGRAMME DE PROTECTION
RETURNERS
SECRET PROFESSIONNEL
...
DÉONTOLOGIE
EH BEN ?

L'INSTITUT UTILISE TOUJOURS CES APPARTS POUR Y LOGER DES RETURNERS, ALORS...
ÇA ME RAPPELLE DES SOUVENIRS !
TU ES UNE SORCERISTE, PAS VRAI ?
MAIS NON, JE PLAISANTAIS !
QU... QUI ÊTES-VOUS ?
EH BIEN JUSTEMENT...
JE SUIS UN RETURNER !

LES SORCE-RISTES N'ONT PAS LE DROIT DE REVOIR LES PERSONNES DONT ILS SE SONT OC-CUPÉS, C'EST BIEN ÇA ?
...
MAIS CE N'EST PAS TOI QUI SUPERVISAIS MON CAS...
C'ÉTAIT UN CERTAIN NAGUMO !
TU LE CONNAIS ?
EUH ...
C'EST MON ÉQUI-PIER...
ÇA ALORS, VRAIMENT ?
OUI, ENFIN ...
C'EST UN TYPE BIEN...
SI JE SUIS LÀ AUJOUR-D'HUI, C'EST GRÂCE À LUI !

CE HLM A ÉTÉ LE POINT DE DÉPART DE MA NOUVELLE VIE...
JE MARCHAIS SANS BUT PRÉCIS QUAND TOUT À COUP J'AI REMARQUÉ QUE MES PAS M'AVAIENT PORTÉ JUSQU'ICI...
...
AH OUI ?
BON, ALORS... QU'EST-CE QUE TU OBSERVAIS AVEC CES JUMELLES ?
C'EST QU...
EN FAIT, J'AIME BIEN SAVOIR CE QUE MES RETURNERS DEVIENNENT...
INTÉRESSANT...
IL Y A DE QUOI SE POSER DES QUESTIONS !
QUAND ILS ONT L'AIR HEUREUX...
ÇA ME REDONNE CONFIANCE EN MOI !
AH BON ?
OUI, JE ME DIS QUE J'AI FAIT LE BON CHOIX...
ET QUE MES POUVOIRS SONT UTILES AUX GENS !

POURQUOI, TU ES TENAILLÉE PAR LE DOUTE ?
NON, MAIS...
TU ES POURTANT SORCERISTE...
ON NE LE DEVIENT PAS SI ON N'A PAS LE DON !
VOUS AVEZ CHANGÉ LA VIE DE BIEN DES GENS...
LAISSE-MOI TE RACONTER MON HISTOIRE !
QUAND JE SUIS SORTI DE CE CYLINDRE...
LA PREMIÈRE CHOSE QUE J'AI APERÇUE, CE SONT DEUX PAIRES DE CHAUSSURES...
ゴォ
ォォ...
FSHHHH

JE N'AI AUCUN SOUVENIR DE MA PROPRE MORT...
JE SUIS L'AGENT NAGUMO, DE L'INSTITUT DE SORCERISME...
ILS ONT TOUT EFFACÉ !
MAIS LA CONDITION DE RETURNER RESTE DIFFICILE À ACCEPTER...
COMMENT ÇA ?
ON NOUS A RESSUSCITÉS EN TUANT NOS MEURTRIERS ...
C'EST UNE LOURDE RESPONSABILITÉ À PORTER.
JE SUIS DÉSOLÉE QUE CE SOIT UNE SOURCE DE GÊNE POUR VOUS ...
HÉ HÉ...
ALLONS, TU N'Y ES POUR RIEN...
C'EST LA LOI COMPENSATOIRE QUI POSE PROBLÈME !

ÇA FAIT À PEU PRÈS 20 ANS QU'ELLE EST EN APPLICATION...
IL COMMENCE À Y AVOIR BEAUCOUP DE RETURNERS...
ET TOUS CES GENS SE POSENT DES QUESTIONS...
SUR LA NATURE DU SORCERISME...
MAIS IL N'Y A PERSONNE POUR LEUR RÉPONDRE !
VOUS N'ÊTES PAS TRÈS CAUSANTS SUR LE SUJET ...
ET JE NE PARLE MÊME PAS DE L'INSTITUT !
IL NE COMMUNIQUE AUCUNE INFORMATION SUR LA PROCÉDURE D'ÉCHANGE...
TIENS, PAR EXEMPLE...
LES BUGS ...
?!
BOBOM
À CAUSE DU SORTILÈGE DE LIGATURE DE LA PAROLE...
TU NE PEUX MÊME PAS PRONONCER CE MOT DEVANT UN INDIVIDU ORDINAIRE !

TU NE TROUVES PAS L'INSTITUT BIEN CRUEL...
AGENT YÔKO AMAGI ?
COMMENT VOUS CONNAISSEZ MON NOM ?!
TU AS UN POTENTIEL EXTRAORDINAIRE...
TU POURRAIS FAIRE AUTRE CHOSE QUE TRAVAILLER POUR L'ÉTAT ...
GLOUPS
PAF
BON, MAINTENANT, ÇA SUFFIT... QUI ÊTES-VOUS ?!

SHINOBU SHINONOME...
L'ANIMAL S'EST ENFUI AVANT QU'ON PUISSE LE DÉBUGGER !
CE GARÇON EST UNE VÉRITABLE BOMBE À RETARDEMENT...
C'EST UN DANGER PUBLIC !
À CE SUJET...
INUTILE DE MOBILISER D'AUTRES ÉQUIPES...
JE TIENS À M'OCCUPER PERSONNELLEMENT DE SON CAS !
...
P

AGENT NAGUMO ...
ON A DÉJÀ FAILLI PERDRE DEUX EXCELLENTS SORCERISTES À CAUSE DE LUI...
JE NE TIENS PAS...
N'OUBLIE PAS TON RÔLE...
À TE VOIR REJOINDRE LES AUTRES À NEVERLAND !
DEEP SEARCHER !

QUE FERAS-TU SI TU LE RETROUVES ?
TU LÂCHERAS TA PARTENAIRE SUR LUI POUR QU'ELLE LE DÉVORE ?
JE NE TROUVE PAS VOTRE FAÇON DE PROCÉDER TRÈS HONNÊTE...
SI UN BUG EST EN MOI, IL M'APPARTIENT...
ET SI ON ME LE PREND SANS ME DEMANDER MON AVIS, C'EST COMME SI ON ME LE VOLAIT...
QU'EST-CE QU'ON T'A DIT SUR LES BUGS ? C'EST QUOI, POUR TOI ?
UN ESPRIT MALFAISANT ?
UN PARASITE ?
DES TÉNÈBRES QUI PRENNENT LE CONTRÔLE DE L'ESPRIT ?
C'EST PEUT-ÊTRE BIEN ÇA...

MAIS ...
IL EXISTE DES RETURNERS NATURELLEMENT RÉSISTANTS AUX BUGS...
BIEN QU'ILS SOIENT TRÈS RARES ...
QUOI ?
OUI, CES ÊTRES ONT REÇU UN VÉRITABLE DON...
PLUS PRÉCIEUX ENCORE QUE CELUI DES SORCERISTES !
CES INDIVIDUS CAPABLES D'APPRIVOISER LEUR BUG...
DÉVELOPPENT DES POUVOIRS VÉRITABLEMENT EXTRAORDINAIRES ...
ILS DEVIENNENT DES SURHOMMES QUE L'INSTITUT SERAIT BIEN INCAPABLE DE CONTRÔLER !

L'INSTITUT A ÉTABLI...
UN SYSTÈME DE CONTRÔLE DES DÉTENTEURS DE POUVOIRS PARANORMAUX...
POUR MIEUX VOUS SURVEILLER, ILS BRIDENT VOS CAPACITÉS... PIRE, ILS SUPPRIMENT CARRÉMENT CELLES QUI POURRAIENT LEUR POSER PROBLÈME !
C'EST FAUX...
À L'INSTITUT, J'AI APPRIS À DÉVELOPPER ET À MAÎTRISER MES DONS !
MAIS AU FINAL, TU ES DEVENUE UNE SIMPLE BOUFFEUSE DE CAUCHEMARS...
AU MOINS, JE RENDS SERVICE À LA SOCIÉTÉ !
J'AIDE LES RETURNERS À PRENDRE UN NOUVEAU DÉPART !
SOIT, TU AS AIDÉ UNE POIGNÉE DE PERSONNES... MAIS ÇA S'ARRÊTE LÀ !
CLAC

ALORS QUE GRILLER DE GROS PERVERS, ÇA, C'EST VRAIMENT UTILE !
FIGURE-TOI QUE ...
JE SUIS CAPABLE DE FAIRE AUSSI BIEN QUE TOI QUAND TU ÉTAIS PETITE...
NON, EN FAIT... JE PEUX MÊME FAIRE BEAUCOUP MIEUX !
...
DE QUOI VOUS PARLEZ ?
TU LE SAIS BIEN...
LA PERFECTION N'EST PAS DE CE MONDE, SURTOUT QUAND L'ÊTRE HUMAIN EST CONCERNÉ !
TU NE CROIS PAS ?
CLAP

ドドドン
BOUUUM
BOUUUM

BOUUUM

?!
CLAC
L'IMMEUBLE A EXPLOSÉ !!
...
C'EST PAS VRAI !
!
CE VIEUX BÂTIMENT TOUT MITEUX, LE POINT DE DÉPART D'UNE NOUVELLE VIE ?
BRAOUM
QUELLE BLAGUE...

ゴオオオオ…
GROOOOOO
ゴゴゴゴ
DOOOOOM

QU...
QU'EST-CE QUE VOUS AVEZ FAIT ?!
...
GRAT ポリ ポリ GRAT
LATTE
OH, PAS GRAND-CHOSE ...
J'AI JUSTE CRÉÉ UNE PETITE FUITE DE GAZ...
C'EST TROIS FOIS RIEN !

POF
TU NE VOUDRAIS PAS VENIR AVEC MOI ?
TU SERAIS DÉBARRASSÉE DE TOUT CE QUI ENTRAVE TON POUVOIR...
DE MINABLE SORCERISTE, TU REDEVIENDRAIS SORCIÈRE !
ET PUIS...

SI TU VEUX REVOIR TA MÈRE...
JE SAIS OÙ LA TROUVER !
NOUS INTERROMPONS VOTRE PROGRAMME POUR UN FLASH SPÉCIAL D'INFORMATIONS !
UNE TERRIBLE EXPLOSION, VRAISEMBLABLEMENT DUE À UNE FUITE DE GAZ, VIENT D'AVOIR LIEU DANS UN IMMEUBLE DE TOKYO !
NOUS VOUS TIENDRONS INFORMÉS DE L'AVANCÉE DE L'ENQUÊTE...
LES PREMIÈRES INFORMATIONS FONT ÉTAT D'UN BILAN DÉJÀ TRÈS LOURD, ALORS QUE DE NOMBREUX HABITANTS DE L'IMMEUBLE SONT ENCORE PORTÉS DISPARUS...
À suivre...

DOSSIER SPÉCIAL

Les archives d'*Evil Eater*

Il existe une science, un savoir à part qui échappe aux classifications officielles : la magie. Cette pratique ancestrale côtoie désormais les autres sciences sous le nom de "Sorcerisme". Vous trouverez dans cette annexe son histoire dans les grandes lignes.

Chapitre 1 : Les origines

En 1855, Jock Daniel Moses, un écossais initié aux pratiques magiques ancestrales et à l'alchimie, prétend avoir opéré la transmutation de métaux vils en or. Il est dans un premier temps traité d'escroc et d'affabulateur, mais après plusieurs démonstrations en public, il commence à gagner en notoriété. Il accepte alors de se prêter à une expérimentation sous le contrôle d'une délégation de chercheurs des universités de Cambridge et d'Oxford. L'Écossais réussit les tests les uns après les autres en respectant le protocole imposé et termine même en faisant apparaître l'aïeul décédé d'un des participants devant une assistance médusée.

Ses détracteurs sont bien obligés d'admettre publiquement que Moses possède des "capacités surnaturelles que la science ne peut expliquer". Fort de cette reconnaissance, Moses se donne lui-même le titre de "Sorceriste, sorcier moderne en accord avec la science".

Cette victoire est restée dans les mémoires comme l'événement fondateur de la sorcellerie moderne, ou "Sorcerisme". Moses a démontré par la suite en public qu'il était également capable de léviter et de se téléporter, mais il n'a jamais révélé le secret de ses étranges pouvoirs. Il n'a laissé aucun descendant ni disciple et a toujours refusé d'écrire la moindre ligne sur le sujet.

Le premier Sorceriste de l'histoire meurt en 1861. Moses s'était attiré bien des ennemis. Un groupe de politiciens et de religieux avait même fondé l'UAS (Union anti-Sorcerisme), et des membres de la branche la plus extrémiste de cette organisation, de plus en plus irrités par la notoriété de cet homme dérangeant, se sont décidés à l'abattre. D'après certaines sources, il aurait réussi à parer les 12 premières balles à l'aide de ses pouvoirs, mais la treizième l'aurait atteint à l'occiput, le tuant sur le coup. Les assassins ont averti la presse de leur forfait, mais comme ils craignaient que la dépouille de leur victime devienne un objet de vénération, ils ont fait incinérer son corps et en ont dispersé les cendres aux quatre vents.

Moses n'ayant laissé aucun successeur, son savoir était considéré comme perdu. Heureusement, grâce à ses exploits, ce précurseur avait dû faire des émules, car un important mouvement de modernisation de la sorcellerie a vu le jour après son décès. L'idée même de "sorcellerie moderne" a fait débat jusqu'en 1871, date à laquelle la Société de Sorcerisme a finalement été créée, permettant au mouvement de prendre de l'ampleur. En 1892, c'est justement celle-ci qui a organisé à Londres le premier congrès international sur le Sorcerisme, voué à rassembler les chercheurs et les sorciers du monde entier. De nombreux sujets y ont été abordés, tels que la systématisation du Sorcerisme, le Sorcerisme dans son rapport à la science, sa séparation d'avec la religion, la coopération internationale entre sorciers, etc. Mais si ce congrès a permis que cette nouvelle science soit reconnue, personne n'avait encore pu approcher, même un tant soit peu, le niveau de Moses.

Chapitre 2 : La modernisation (1)

Il faut attendre 1914 et le déclenchement de la Première Guerre mondiale pour voir la situation évoluer. Les forces de l'Entente (Royaume-Uni, France, Russie, États-Unis et leurs alliés), tout comme les Empires centraux (dont l'Allemagne et l'Autriche), se sont retrouvées confrontées à des pertes humaines extrêmement lourdes. Des deux côtés du front, les armées ont tenté, dans le plus grand secret, de redécouvrir le processus de résurrection des morts exposé autrefois par Moses. Tout en veillant à ne pas s'attirer les foudres de leurs clergés respectifs, les différents gouvernements ont réquisitionné sous couvert d'anonymat sorciers, occultistes, religieux et scientifiques. On a entrepris de compiler tous les documents relatifs aux pratiques magiques et aux rites secrets propres à chaque nation, qu'on s'est appliqué à systématiser et à détacher de la religion.

Cependant, même ainsi, aucun camp n'a réussi à ressusciter qui que ce soit. Beaucoup en sont venus à penser que les exploits de Moses n'étaient en réalité que de vulgaires tours d'illusionniste. Pourtant, en 1925, les meilleurs spécialistes du Sorcerisme se sont réunis en Inde dans le plus grand secret pour y organiser une expérimentation commune. Tous participaient sous une fausse identité, si bien qu'ils ont été surnommés les “Imposters”. Il y aurait eu un sorcier anglais, un héraldiste français, un alchimiste allemand, un biologiste japonais, un yogi indien, un chercheur italien et un occultiste américain. En partageant toutes les données confidentielles rassemblées par leurs pays respectifs pendant la guerre, et après trois mois d'étude et d'expérimentations sans cesse renouvelées, ils sont enfin parvenus à faire revenir un mort à la vie.

Ils ont systématisé le rituel et ont défini une méthodologie consignée dans un protocole intitulé *The Principle*. Les participants, qui avaient sciemment divulgué et partagé des données confidentielles, ont ensuite prêté serment de garder le secret le plus absolu sur ce sommet.

Mais en 1940, les nazis mettaient la main sur une partie de ce fameux procédé. Ils ont créé dans la foulée un “Centre national de recherches sur le Sorcerisme” pour tenter à leur tour de retrouver le secret de la résurrection et ont confisqué tous les documents laissés par l'alchimiste allemand qui avait participé à la réunion des Imposters. Ils ont ensuite demandé la participation de leurs alliés, le Japon et l'Italie, à ce programme de recherche, ce qui a amené la création de “l'Alliance occulte des puissances de l'Axe”.

Pour contrer cette initiative et ne pas se laisser distancer, l'Angleterre, la France et les États-Unis ont créé à leur tour une “Unité de renseignement sur le Sorcerisme”, placée directement sous le commandement du général Eisenhower. Dans l'ombre, les deux camps se sont livré une lutte sans merci pour récupérer des informations sur ce fameux protocole. On peut noter que les Soviétiques ne s'intéressaient que de très loin à la question, car leur régime politique combattait aussi bien la religion que l'occultisme. Cela a laissé le champ libre aux Américains, au sortir de la guerre, pour récupérer toutes les données accumulées par les puissances de l'Axe sur le sujet, ainsi que leurs Sorceristes eux-mêmes.

Chapitre 3 : La modernisation (2)

En 1879 (11e année de l'ère Tenchô), un médecin japonais en voyage d'études en Angleterre, Kôjirô Wajima, est devenu membre de la Société de Sorcerisme. À son retour au Japon en 1883 (15e année de l'ère Tenshô), il a fondé la "Société japonaise de Sorcerisme". Au début du XXe siècle, la discipline est activement étudiée et, à l'aube de la Première Guerre mondiale, le Japon lançait un programme national de recherches sur le Sorcerisme, sous les ordres de l'état-major de l'armée de terre et du Ministère de l'Intérieur.

Durant la Seconde Guerre mondiale, la coopération avec l'Allemagne et l'Italie, au sein de l'Alliance occulte des puissance de l'Axe, a permis des progrès fulgurants. Mais à la suite de la défaite, les résultats de ces recherches ont été récupérés par les forces d'occupation américaines.

Dans la période d'après-guerre, on a noté de nombreux cas de soldats japonais démobilisés bien vivants qui figuraient sur les registres comme morts au combat, et on a fortement suspecté qu'ils avaient été ressuscités par le biais du Sorcerisme. En 1947 (21e année de l'ère Genka), le "Bureau spécial d'enquête sur les soldats démobilisés" est créé pour lancer des recherches de grande envergure sur le sujet. Il est clairement établi que, tout comme aux États-Unis, on a procédé en toute illégalité à la résurrection de combattants morts au front. L'étude a également répertorié de nombreuses morts provoquées par l'emballement des germes psychiques malfaisants (bugs) qui parasitaient les "revenants".

Le gouvernement japonais a alors reçu l'ordre du SCAP, le Commandant suprême des Forces alliées, d'interdire formellement les techniques de résurrection basées sur le Sorcerisme. En 1948 (22e année de l'ère Genka), le ministre de la Santé a nommé des "contrôleurs du Sorcerisme" puis a ordonné la création de "Bureaux de contrôle du Sorcerisme" dans toutes les régions du pays : Hokkaidô, Tôhoku, Kantô, Tôkai, Hokuriku, Kinki, Chûgoku, Shikoku et Kyûshû.

En 1957 (31e année de l'ère Genka), les Bureaux de contrôle du Sorcerisme sont remplacés par l'Agence de contrôle du Sorcerisme, et les contrôleurs sont rebaptisés "agents superviseurs". Enfin, en 1989 (première année de l'ère Shûbun), dans le cadre d'une politique d'utilisation raisonnée et efficace du Sorcerisme, la loi d'aide aux victimes de mort violente, dite "d'échange compensatoire de la vie", est promulguée. L'Agence de contrôle devient "l'Institut de Sorcerisme", quittant le ministère de la Santé pour être rattachée au cabinet du Premier ministre.

L'Institut n'a pas uniquement pour mission de protéger les "Returners" et de contrôler les activités liées au Sorcerisme. Ses experts étudient également les champs d'application possibles des nouveaux sortilèges et leur conformité aux grands principes de cette science. Enfin, cette organisation a plus largement pour fonction de veiller au strict respect du Traité international sur le Sorcerisme.

EVIL EATER vol. 1 by Issei EIFUKU, KOJINO

Original Japanese edition published by SHOGAKUKAN.
French translation rights arranged with SHOGAKUKAN through The Kashima Agency.

Édition française

Traduction :
Julien Pouly

Adaptation graphique :
Hinoko

ISBN : 978-2-35592-671-6
Dépôt légal : avril 2014
Achevé d'imprimer en France par Hérissey (Eure)